i y i k i k i t

TİMAŞ YAYINLARI
İSTANBUL 2013

KIRIK HANÇER

Yayın Yönetmeni	Emine Eroğlu
Editör	Duygu Kaçaranoğlu
Kapak Resmi	Uğur Köse
Kapak Tasarım	Ravza Kızıltuğ

16. Baskı	Ağustos 2013
Uluslararası Seri No	(ISBN) 975 7544 56-6

TİMAŞ YAYINLARI

Adres	Cağaloğlu, Alemdar Mah. Alay Köşkü Cad. No: 5 Fatih/İSTANBUL
Telefon	(0212) 511 24 24
Belgegeçer	(0212) 512 40 00
Posta	P.K. 50 Sirkeci/İstanbul
E-posta	bilgi@genctimas.com

Baskı ve Cilt	Sistem Matbaacılık
Sertifika No	16086
Adres	Yılanlı Ayazma Sok. No:8 Davutpaşa-Topkapı/İstanbul
Tel	(0212) 482 11 01

TİMAŞ YAYINLARI / 64
DOLUDİZGİN ROMANLAR /4
KÜLTÜR BAKANLIĞI YAYINCILIK SERTİFİKA NO: 12364

KIRIK HANÇER

AHMET YILMAZ BOYUNAĞA

● genctimas.com ●

AHMET YILMAZ BOYUNAĞA (1935-1995)

Kırklareli'de 1935 yılında doğdu. İlk, orta ve lise eğitimini Zonguldak'ta tamamladıktan sonra İstanbul Üniversitesi Edebiyat Fakültesi Tarih Bölümü'nden birincilikle mezun oldu. Yozgat Lisesi, Bursa Erkek Lisesi, Balıkesir Eğitim Enstitüsü gibi farklı kurumlarda eğitimci olarak görev yapan Boyunağa, sayısız öğrenci yetiştirdi. Samsun Üniversitesi Eğitim Fakültesi'ndeki öğretim üyeliği görevinden emekli olan değerli yazarımız, 1995 yılında aramızdan ayrıldı.

Yazarın Diğer Kitapları:

- ALTIN FERMAN / Berke Noyan
- ALTIN YAPRAKLAR / Dinî Ve Tarihî Öyküler
- ATEŞLİ GÜL BAHÇESİ / Hz. İbrahim
- DENİZLER EJDERİ
- EFSANE KOMUTAN / Tarık Bin Ziyad
- FETİH SANCAKLARI
- HANOĞLU / Bir Selçuklu Kahramanı
- HİLAL UĞRUNA / III. Haçlı Seferi ve Selâhaddin Eyyübi
- KOÇYİĞİT / Seyit Battal Gazi
- KORKUSUZ CENGÂVER
- KORSAN PEŞİNDE
- KUYUDAKİ ÇOCUK / Hz. Yusuf
- MACERA ADASI
- MALAZGİRT'İN ÜÇ ATLISI / Aksungur
- NEHİRDEKİ SANDIK / Hz. Musa
- OSMANLI LEVENTLERİ / Seydi Ali Reis ve Leventleri
- ÖZGÜRLÜK SAVAŞÇISI / Şeyh Şamil
- SAKLI KENT
- SATICI ÇOCUK
- SEVGİ'NİN DÜNYASI
- TUFAN / Hz. Nuh, Hz. Hud, Hz. Salih
- YANKILI KAYALAR
- YASAK ŞEHİR
- ZAFER RÜZGÂRLARI / Turgut Reis

Birinci Bölüm

Çığlık

Karşıki tepenin kayalıklarında batarken kanayan güneşin kızıllığı, vadiyi kaplamıştı. Kenarlarından çılgın bir neşe ile fışkırmış zümrüt yeşillikler arasından, kâh görünüp kâh kaybolan dere, tutuşmuş gökyüzünü aksettiriyordu.

Dere boyunu izleyen yolda dört atlı gidiyordu. İkisi önde, ikisi arkadaydı. Öndekilerden biri, kırk beş elli yaşlarında vardı. Dikkatle düzeltilmiş sakalın çevrelediği çehresi yakışıklı ve yağızdı. Başındaki börkten, üstündeki elbiselerden ve ayağındaki çizmelerden, soylu bir kimse olduğu anlaşılıyordu.

Yanındaki atlı ise çok gençti. Ancak on sekiz yirmi yaşlarında vardı. Çok yakışıklıydı. Esmer yüzünde, kaşları yay gibiydi. Kara gözleri bir hançer ucu gibi deliciydi. At üstündeki gövdesi, sağlam ve kuvvetliydi.

Kuzu derisi börkünden taşan saçları, omuzlarına dökülmüştü. Sarı deve derisinden kıymetli çizmeleri, bir beyzade olduğunu gösteriyordu.

Kılıcı, yayı, gürz ve topuzu atının terkisindeydi. At üzerindeki duruşu onun yaman bir binici olduğunu belli ediyordu.

Arkadan gelenlerin ise at uşakları oldukları belliydi. Genç atlının arkasından gideni, çok şişmandı. Atı, onu güç taşıyordu. Normal bir at olduğu halde, binicisinin altında küçücük kalmıştı. Başını sallaya sallaya gitmesinden, dört at içinde, en ağır yükü taşımanın talihsizliğini kabul etmiş ve hayatından bezmiş bir hal vardı zavallıda.

Şişman binicinin, komik bir yüz ifadesi vardı. Atının terkisinde sallanan kılıcı ve yanındaki silahşörler olmasa; kasaba pazarına yumurta, tavuk, süt, yağ ve yoğurt götüren, babacan bir köylü zannedilebilirdi. İkide birde, yanındaki arkadaşına heyecanlı heyecanlı bir şeyler söylüyor, öteki de gülerek onu dinliyordu.

Uzaktan acı bir kadın çığlığı duyuldu. Hepsi bir anda, atlarının gemlerini çektiler. Cins ve talimli oldukları anlaşılan atların kulakları dikildi. Toynaklarını adeta toprağa gömdüler.

Çığlık ikinci defa ve daha hızlı duyuldu. Genç binici yanındakine döndü:

– Yardım isteyen bir kadın sesi! Hem de pek yakında! Ben gidiyorum!

Yaşlısı başını salladı:

– Git Ömer! Yalnız dikkatli ol!

Ömer, atına topuğu ile hafifçe dokundu. At, sudaki bir balık gibi ileri süzüldü. Toynaklarından çıt çıkmıyordu. O kadar güzel bir attı ki, yüzlerce atın arasında seçilebilirdi. Köpük gibi beyaz yelesi ve kuyruğu rüzgârda dalgalanıyordu. İnce ve zarif bacakları, sanki yerde kayıyordu.

Ömer, üstü yeşilliklerle örtülmüş bir burunda kaybolduğu zaman, diğer atlılar da arkalarından gitti. Burnu dönünce, yolun alt tarafındaki düzlükte, kaçan bir kadın ve onu kovalayan, yedi sekiz Hintli silahşör gördüler.

Bir an durup, ne yapacağını kararlaştıran Ömer, topuklarıyla atının karnına dokundu. Savaş kokusu almış olan cins at, acı acı kişnedi. Sonra, bir hayal gibi çimenler üzerinde kaydı.

Kadını takip edenler, başlarını kişnemenin olduğu yere çevirdi. Ama o zamana kadar Ömer yanlarına varmış, gemleri kısarak atını durdurmuştu. Yaşlı ve iri yarı yol arkadaşı ve ardındakiler, yol kıvrımında bekliyorlardı.

Kadını takip eden Hintli silâhşörler, Ömer'e baktılar. Kadın, eteklerini tutarak, Ömer'in yanına koştu. Bu, saçı başı dağılmış genç kız, ancak, on beş, on altı yaşlarında vardı. Gözleri kapkara ve ışıl ışıldı. Koşmanın verdiği yorgunlukla sık sık soluyordu. Üst dudağı terlemiş, gözleri nemlenmişti.

Eteğini bırakarak, üzengiye uzandı.

–Allah aşkına kurtar beni bunların elinden! Ne istersen veririm!

Kız, bunları söylerken, gözlerinden yaşlar dökülüyordu. Ömer, atının üzerinde dikleşti. Gözlerini karşısındaki adamlardan ayırmadan:

– Merak etme bacım, dedi. Allah'ın izniyle, gücümüz yeter buna. Sen ağlamayı kes hele!

Sekiz Hindu atlısı, atlarını sürerek Ömer'in etrafını çevirdiler. En irileri, böğürür gibi bir kahkaha attı:

– Bu süt kuzusu da nerden çıktı be? Biz kiminle karşılaşmışız da farkında değiliz. Gücü, kızı kurtarmaya yetermiş. Acaba kaçmaya yetecek mi ha, ne dersiniz?

Hepsinden gürültülü birer kahkaha koptu. Kısa boylu ve kulaklarında küpeler sallanan biri:

– Buna kendi ayağı ile gelen kısmet derler. Kızı kurtarayım derken kendi canından ve atından olacak budala, diye bağırdı. Sana ne derler süt kuzusu? Ne derler ha?

Ömer, gülen adamları, sert bakışlarla süzdükten sonra cevap verdi:

– Güçsüz bir kıza yiğitlik taslayanlara, adımı değil ancak şu çeliğin soğuk ucunu tanıtırım. Kanlarınızın rengini görmek istemiyorsanız, toplayın kuyruğunuzu.

İri adam, hâlâ gülmesine devam ederken, arkadaşlarına dönüp tekrar alaylı alaylı böğürdü:

– Toplayın kuyruğunuzu edepsizler! Toplayın... Toplayın bakalım... Büyük bir yiğit karşısında olduğunuzu görmüyor musunuz?

Sonra Ömer'e döndü. Alaylı bir sesle:

– Bu köpeklerin edepsizliğine bakmayınız beyzadem! Hepsi budaladır bunların. Sizi tanıyamamışlar. Ben öyle miyim? Bir bakışta karşımdakinin ne olduğunu şıp diye anlarım. Sizin, büyük ve hem de çok büyük bir yiğit olduğunuzu, bakın nasıl anladım. Beyzadem! Yoksa siz Gazneli Mahmut olmayasınız, dedi.

Bu sözlere, arkadaşları katıla katıla gülerlerken, Ömer de, alaylı bir sesle cevap verdi:

– Hayır! Çok anlayışlı ve zeki adam! Gazneli Mahmut, racalarınızı[1] terbiye etmekle meşgul. O, sizin gibilerle uğraşmaya tenezzül etmez. Sizin gibilerin terbiyesini de bizim gibi erlerine bıraktı.

Karşısındaki yere tükürdü. Bu defa ciddileşmişti.

– Bu Kalaç Türk'ü... Bir Müslüman demek.

– Ha şunu bileydiniz; yalnız buldukları kızlara yiğitlik taslayan Hindular!

Kollarında, gümüş pazıbentler bulunan iri Hindu, bir an durdu. Düşündü, sonra kamçısıyla ilerde, atlarının üzerinde birer heykel gibi duran, üç atlıyı gösterdi:

– Onlar niye gelmediler, neden seni ileri sürdüler? Kendilerine güvenemediler mi yoksa?

---

1 Hindistan'da prenslere verilen unvan.

– Benim sizlere yeteceğimi düşündüklerinden. Kendileri de gelirse, kılıçlarınızı titrek ellerinizle çekemezsiniz diye... Yoksa onlara, bu iyiliklerinden dolayı teşekkür mü edeceksiniz?

Hindu birden sertleşti:

– Artık şaka yeter! Atla atından! O güzel atı bize bırak. Sonra.

– Evet sonra?

– Ayaklarımıza kapan! Ağla! Yalvar! Af dile! Belki o zaman canına kıymayız.

– Peki, ne yaparsınız?

– Köle olarak yanımızda tutar, ölünceye kadar uşaklığımızı yaptırırız.

Ooo çok da insafsızmışsınız. Ama bu isteğiniz kursağınızda kalacak Hindu başı. Bilmez misin ki Türkler at uşaklığı yapmaz!

– Çok konuştun süt kuzusu. Yeter artık. Şimdi, o uzun dilini kopartmadan ve kemiklerini kırmadan atla atından.

– Peki! Gel eğil de sırtına basıp ineyim.

İri Hindu müthiş sinirlendi. Ömer'e doğru atını tepti...

Ömer'den yardım istemiş olan kız, onun çok genç olduğunu görünce, hayal kırıklığına uğramıştı. Şimdi de, onun başına kendi yüzünden bir kötülük geleceğini anlayarak, eteklerini toplayıp Ömer'in arkadaşlarına koştu. Böylece de, hayran kalınacak ve eşine bir daha rastlanmayacak dövüşü kaçırmış oldu.

Ömer, üzengiyi tutmak isteyen adamın, bir fil bacağı kalınlığındaki iri kolunu yakalayıp, öyle bir çekti ki, Hindu silahşörü, tepesi aşağı uçurdu.

Birden ayağa fırlayan Hindu silahşör:

– Bre koman it yavrusunu! Öldürmeden yakalayın, kanını içeyim, diye haykırırken belinden kılıcını çekti. Yedi Hindu'nun mahmuzladıkları atlar, kişneyerek saldırdılar.

Ömer, derhal eğildi. Çizmesinin içindeki hançeri çekerek en öndekine fırlattı. Kılıcını indirmek üzere bulunan Hindu, acı bir çığlık koparırken, kılıcı aşağı düştü.

Ömer, hızla atını sürdü. İki Hindu arasından geçerken, iki acı çığlık ortalığı inletti. Atlar, elleriyle göğüslerinde açılan kılıç yaralarını tutmuş Hinduları, yel gibi uçurup gittiler.

Diğer Hindular, canavar görmüş çocuklar gibi, çığlık çığlığa atlarını teperek kaçıştılar. Hindu silahşörlerin kaçmasından sonra, Ömer atından atladı. Reisleri olduğu anlaşılan iri Hindu'ya doğru yürüdü. Adam dişlerinin arasından şaşkınlık ve kinle homurdandı:

– Siva kahretsin seni! Nesin sen? Bir ejder mi? İlâhlardan birinin oğlu mu? Bu ne cesaret? Bu ne hız? Bu ne kuvvet? Yoksa İndra'nın şimşeği misin sen?

– Hayır! Senin gibi bir insan! Yalnız Müslüman bir Türk... Senden farklı tarafım da bu...

– Siva'ya yemin ederim ki, senin gibi bir kimse görmedim şimdiye kadar. Söyle, söyle adını sanını! Soyun sopun nedir? Baban kimdir? Sen öyle basit biri değilsin.

– Dedik ya! Ben Müslüman Türk'üm. Gazneli Mahmut'un çağrısına koşan Müslümanlardan sadece biri... Bir Kalaç Türk'ü.

–Beni basit bir kişi sanma! Siva'nın muhafız kuvvetleri komutanıyım ben. Gel, Siva'nın hizmetine alayım seni. Sana aklının alamayacağı kadar altınlar, mücevher ve ipekliler verelim. En güzel kızlardan beğendiklerini seç... Saraylar...

Ömer, adamın sözünü kesti:

– Be hey Hindu, sen neler diyorsun? Siva dediğin mabudunuzun, putunuzun yanına varsam, onu korumak şöyle dursun, ilk darbeyi ben vurarak kırarım. Vereceğiniz altın ve mücevheratı varın başınıza çalın.

Hindu, büyük bir kızgınlıkla ve deliler gibi bağırdı:

– Çocuk! Çocuk sus! Çarpılırsın. Siva, o büyük ilâh hakkında kötü söz söyleme. Zekâyı kanatlandıran kim? Soluk kimin armağanı? Söylediğimiz bu sözler kimin Siva'nın o büyük mabudun değil mi? Gazneli Mahmut'unuzun kazandığı o zaferler Siva sayesinde olmadı mı? Siva kızdığı diğer Hindu mabutlarını cezalandırmak için, Gazneli Mahmut'u sürmedi mi üzerlerine?

– Bana bak aklı başından bir karış yukarıda olan Hindu! Bu saçma sapan konuşmalarına ve sapıklığa devam edersen, çarpılan sen olacaksın... Hem de şu ellerle...

Ömer, ellerini göstererek sözüne devam etti:

– Sapıklıktan vazgeç ve tövbe et. Müslüman ol. Hem dünya saadetine ve hem de âhiret saadetine kavuş. Elle yapıp taptığınız o putlardan vazgeç.

– Demin kazara öldürdüğün arkadaşların mı verdi sana böyle konuşmak cesaretini? Yoksa apansızın kolumu çekerek beni düşürmen mi?

– Hele bu konuşmalarına devam et de, o zaman anlarsın, kaza mı yoksa güçle mi olduğunu!

– Tamam... Siva'nın gücünü ispatlayacağım sana. Ayaklarımın altında can çekişirken, Siva'nın mı, yoksa senin Allah'ının mı daha kudretli olduğunu anlayacaksın.

Bu sözleri söyleyen Hindu, hırsla kılıcının kabzasını sıktı. Yan gözle de, Ömer'in boş bir anını kollamaya başladı. O anda, az önce vurulmuş bir Hindu'nun atı, şaşkın şaşkın dolaşırken Ömer'in arkasından geçti. At gürültüsü üzerine Ömer, başını döndürdü. Bu fırsattan faydalanan Hindu:

– Ya Siva! Kollarıma güç ver, diyerek kılıcını hızla indirdi. Bu vuruştan Ömer'in kurtulması imkânsızdı.

Acı bir çığlık duyuldu. Çığlığı, Ömer'in arkadaşı olan yaşlı binicinin yanındaki kız atmıştı. Bu vuruşla Ömer'in öleceğini sanmış, heyecanına hâkim olamamıştı.

Ama umulmadık bir şey oldu. Bu da, Ömer'in, önceki dövüşte, kazara bir yiğit olmadığını ispatladı. Ömer, şimşek gibi bir hızla, Hindu'nun kılıcını karşılamıştı. Sonra, aynı hız ve büyük bir ustalıkla, karşısındakinin kılıcını yana fırlatırken, silâhını düşmanın göğsüne sapladı. Koca adam, şaşkın gözlerle Ömer'in yüzüne baktı. Elindeki kılıç yere düşerken, yavaş yavaş diz çöktü.

Dudaklarından kan sızdı. Boş bir çuval gibi yere yıkıldı.

İkinci Bölüm

Ormanda Bir Gece

Ömer, bir ıslık çalarak atını çağırdı. Sonra geminden tutarak arkadaşlarının bulunduğu tarafa yürüdü. Kız, şaşkın ve hayran gözlerle Ömer'e bakıyordu. Ömer, önlerinde durdu. Kılıcını çimenlere silerek, kınına soktu. Yaşlı biniciye sordu:

– Bekir Emmi! Hava kararmadan yola düzülecek miyiz? Ne dersin?

– O önemli değil. Bu civarda da geceleyebiliriz. Önemli olan çarpışma sırasında yaptığın dikkatsizlik.

– Ne gibi?

– Ne gibisi var mı? Bilmiyor musun? Adamla karşısındayken başını niye geri çevirdin. Bu yüzden nerede ise kılıçla ikiye biçilecektin.

– At geliyordu... O gürültü şaşırttı beni.

– Sana söylemiştim oğul! Hâlâ söylerim. Daima da söyleyeceğim. Sadece kuvvet ve hüner yetişmez.

Tedbir, en gerekli unsurdur bir silahşör için... Tedbir, en büyük güçtür. Düşmanın karşısında daima dikkatli ve tedbirli olmak gerek. Düşmanın sinek bile olsa, onu küçük görme. Düşman karşısında daima tetikte bulun.

– Ben, zaten hep tetikteydim. Adamın gözlerinden beni oyalamaya çalıştığını anlamıştım.

– Ne ise! Bir daha, daha dikkatli olmanı temenni ederim. Şimdi de bu hanım kızın derdini anlayalım hele.

Onların konuşmalarını ses çıkarmadan dinlemiş olan kız, söze karıştı:

–Bu iyiliğinizi hiç bir zaman unutamam. Babam da öyle... Babam ünlü bir beydir. Sizi mükâfatsız bırakmaz.

Başını sardığı portakal renkli başörtüsü, bir alev gibi yüzünü çevirmişti. Ömer'in yüzü kızardı.

– Biz bunu mükâfat almak için yapmadık. Allah rızası için yaptık. Bir kızı haydutların elinden kurtarabilmiş olmak, benim için en büyük mükâfattır.

Bekir Bahadır söze karıştı:

– De bakalım kimsin? Bu adamlar seni niye kaçırmak istiyorlardı.

– Bir bey kızı! Adım Gülnihal!

– Anladık! Ama soruma tam cevap değil bu! Nerelisin? Seni neden kaçırmak istediler?

Kız birden irkilir gibi oldu. Bir an durdu. Konuşup konuşmamakta kararsız gibi kaldı. Sonra:

– Gazneliyim, dedi. Kırda geziyordum. Yanımda dadım ve üç muhafızım vardı. Hindular, birden saldırdılar. Yanımdakileri öldürdüler. Muhafızlarım seçme silahşörlerdi. Ama bunlar onları iki yandan çevirdiler. Hindular beni yakaladılar. İki gündür yoldayız. Bugün, onların dalgınlığından faydalanıp kaçmak istedim. Gerisini de siz biliyorsunuz işte... Sormak ayıp olmasın ama siz kimsiniz? Nereden gelip nereye gidiyorsunuz?

– Benim adım Bekir! Bekir Bahadır derler bana. Bu delikanlı da, yeğenim Ömer'dir. Bu yiğitler de at uşaklarımız Sungur ile Aziz. Sultanımız Gazneli Mahmut'un Hint seferlerine katılmak için Gazne'ye gidiyoruz. Kalaç Türklerindeniz.

– Bana yaptığınız iyiliği ömrüm boyunca unutamam. Sağ olun.

–Bu Hindular, buralara kadar nasıl gelebilmişler acaba? Onların Gazneli Mahmut'tan ödleri patlar. Gazne sınırlarından içeri girip sizi kaçırmaları çok önemli bir sebepten olsa gerek. Hem, hepsinin de seçme silahşörler oldukları belli.

Kız omuzlarını silkti:

– Bilmem ki!

– Baban kimdir? De bana! Ben beylerin çoğunu tanırım. Çoğu da arkadaşımdır.

Kız anlaşılan babasının kim olduğunu söylemek istemiyordu. Kaçamak bir cevap verdi:

– Babam büyük bir beydir. Emrinde pek çok er bulunur.

Sungur, koca göbeğini hoplata hoplata güldü:

– Nasıl olsa doğrusunu bilen yok. Uydur uydur söyle. Nerede ise, "Gazneli Mahmut'un kızıyım" diyeceksin.

Bunu duyan kız, çok sert bir şekilde başını çevirerek ona baktı.

– Bu sözü bir defa ettin, ikinci defa etme! Dua et ki Gazne'de değiliz.

Bu söz, bıçak ucu gibi keskin ve sertti. Sungur'un gülmesi yüzünde dondu kaldı. Sırtından soğuk bir ter boşandı. Aziz, onun bu haline kıs kıs güldü. Börkünü arkaya iterek başını kaşıdı.

Bekir Bahadır, soğuk havayı dağıttı:

– Şimdi Gazne'ye döneceksiniz değil mi?

– Evet! Lütfen götürmek zahmetine katlanırsanız.

– Zahmet ne demek kızım. Nasıl olsa biz de oraya gidiyoruz. Yalnız oldukça yorgun olduğumuzdan geceyi burada geçirmemiz gerekli. Allah kısmet ederse, yarın sabah yola çıkarız. Hey Sungur! Aziz! Şöyle rahatça mola verebileceğimiz bir yer seçin. Vurduğumuz ceylanı burada yiyelim.

Sungur ve Aziz, konaklayacakları bir yer aramak için giderlerken, Sungur:

– Gördün mü kızı, dedi. Sanki bir prenses?

– Ama çok soylu bir kız olmadığını da, iddia edemezsin! Nasıl? Bir bakışıyla gülmeni kesiverdi!

– Hadi be sende! Benim gülmem zaten kesilmişti. Ondan mı korkacağım.

At uşakları, şakalaşarak geceleyecekleri yeri araştırırken, Ömer yanındaki kıza döndü:

– Siz hanımlar, oturulacak yeri daha iyi seçersiniz. Arzu ederseniz üçümüz birlikte böyle bir yer araştıralım mı?

Kız kızardı. Sonra gülümseyerek başını salladı. Birlikte, nehir boyunca çimenlerin üzerinde yürüdüler. Güneş, huzur veren bir renk cümbüşü içinde batıyordu. Gölgeler gitgide uzamıştı. Nehir, kaya parçalarının üzerinde minik şelaleler meydana getirerek akıyordu. Bu akarsu civarında bazı yerlerde durgunlaşmış otlar ve çalılıklar vardı. Bir çalı demetinin üzerine basan Ömer:

– Dikkat edin! Buradaki çalılar ayaklarınızı yırtabilir, dedi.

Kız ayağındaki terlikleri işaret etti. Ömer, kızın ayağındaki terliklerin sırma ile işlenmiş olduğunu gördü. Ve onun alelâde bir kız olmadığını anladı.

Kız hayran hayran akan suya baktı. Sonra, küçük bir çocuk gibi hafifçe eteğini kaldırarak koştu. Terliklerini kıyıda çıkardı. Taş yatakta akan suda yalınayak dolaştı. Ayak bileklerine kadar yükselen su, serin ve ferahlatıcıydı. Biraz daha suda durduktan sonra, neşeli bir sesle:

– Cennet gibi burası! Oh! Ne kadar güzel yermiş, diye çığlık attı.

Onun neşesine, Ömer de katıldı. Issız ormanların ve çayırların arasından, kıvrıla kıvrıla ve neşe ile akan sulara sevgi ile baktı:

– Temizliğin, saflığın ve güzelliğin türküsünü söylüyor. Önemli olan onun dilinden anlamak.

– Ömer Bahadır! Kılıç ve hançerin dilinden anladığınız kadar, derelerin, kırların dilinden de anlıyorsunuz.

– Ben, saf ve temiz bir ormanda, baharın ve kışın türkülerini söyleyen bir akarsu kenarında büyüdüm Gülnihal... Kuşlar, geyikler arkadaşlarım idi. Amcamın toprakları çok geniştir.

– Babanız ve anneniz yok mu?

– Ben çok küçükken ölmüşler. Anamı doğduğum sırada kaybetmişim. Babam da, ben iki yaşımda iken Hindularla yapılan bir savaşta şehit olmuş.

– Çok üzüldüm.

–Ne dersiniz, burada konaklayalım mı? Beğendiniz mi?

– Tabii... Çok... Hem de pek çok beğendim. Ama yine de, burada gecelemek hakkındaki kararı siz veriniz. Sizin tecrübeniz vardır. Benim kurtarıcım sizlersiniz. Ben sizlere bağlıyım.

– Ne münasebet... Bakınız, durmadan, kurtarıcım filan derseniz, alay ettiğinize inanacağım. Bırakınız artık o meseleyi...

Kız gülümsedi:

– Peki, öyle ise. Fikrimi sordunuz. Ben de burada kalmanın uygun olacağını söyleyeyim.

– Anlaştık! Sungur ile Aziz'i de çağıralım. Siz bizi burada bekleyin.

Bunu söyleyen Ömer ve amcası, kızı orada bırakarak, arkadaşlarını bulmaya gitti. Az sonra, Ömer, amcası Bekir Bahadır ve at uşakları görüldü. Kızla karşılaşmadan evvel, vurdukları bir ceylan, Aziz'in atının arkasındaydı.

İki at uşağı, oturulacak yerlere örtüleri serdikten sonra, nehrin aşağısında, mola yerinden uzakta, ceylanı kesip soydular. Ceylandan kestikleri parçaları mola yerine getirdiler. Güzel kokulu dallar seçerek tutuşturdular. Etleri kalın bir sırığa geçirerek pişirdiler. Mis gibi bir koku ormana yayıldı. Sungur, ateşte cızırdayarak pişen ete iştahlı iştahlı bakarak yutkunuyordu. Hepsi onun sabırsız haline gülmeye başladı. Ama diğerlerinin de, Sungur'dan farkları yoktu. Arkadaşları da acıkmış ve sabırsızlanmaya başlamıştı. Hele, Gülnihal... O belki de hepsinden fazla acıkmıştı. Çünkü iki günden beri üzüntüden ağzına bir lokma bile girmemişti. Nihayet, etler nar gibi kızardı. Bir daire çevirerek, neşeli bir şekilde karınlarını doyurdular.

Yemekten sonra, kıza, yatması için yer hazırladılar. Erkekler de nöbetleşe yattılar.

Üçüncü Bölüm

Gazne

Sabahleyin dinlenmiş olarak uyandılar. Geyiğin kalan parçalarını da yedikten sonra yola çıktılar. Fazla atları olmadığı için, Gülnihal bir ata, diğerleri de üç ata nöbetleşerek bindiler.

Orman çok sakindi. Güneş ışığı, ağaçların yaprakları arasından ince şeritler halinde çimenlerin üzerine süzülüyordu. Biraz ilerleyince kuş cıvıltıları ormanı kapladı. Gazne'ye kadar yolculukları iki gün sürdü. İkinci gün öğle vakti, bir tepeye vardıklarında, Gazne göründü.

Şehre yaklaştıklarında, Gülnihal bir eliyle yüzünü kapatmaya başladı. Şehir kapısından girerlerken, yüzünü göstermemek için büyük gayret sarf etti.

Şehir çok kalabalıktı. Hint gazalarına katılmak için gelmiş, Türkler, İranlılar, Hintli Müslümanlar sokakları doldurmuştu. Atla gitmek güçleşmişti. Bu yüzden erkekler atlarından inmişlerdi. Sadece Gülnihal atla yürüyordu. Ömer, atın gemini çekerek önden gidiyordu.

Bir aralık Gülnihal'in attan kayarak, "Hey! Dur! Nereye gidiyorsun" demesine fırsat vermeden, koştuğunu bir sokakta kaybolduğunu gördü. Ömer, Gülnihal'in kaybolduğu sokağa giderken, Bekir Bahadır:

– Ne oldu? Ömer, diye sordu.

– Gülnihal! Gülnihal gitti!

Bekir Bahadır, Ömer'in atına baktı. Gülnihal'in olmadığını görünce durumu kavradı.

– Kendisi bilir... Kaçan kızın ardından gidilmez oğul! Biz kendisini, ailesine kendi ellerimizle teslim edecektik. Ama o bu şekilde gitmeyi uygun bulmamış olacak. Böylesi daha iyi.

– Evet, böylesi daha iyi.

Bunu söylerken Ömer'in sesi biraz boğuk çıktı. İçinde bir kırıklık hissetti. Gülnihal'in habersiz gitmesi onu üzmüştü. Ama kendini çabuk toparladı.

Gazne sokakları çok güzeldi. Yollar, temiz ve bakımlıydı. Gazne çok büyük ve zengin bir şehirdi. Ömer, güzel ve büyük evleri, evlerin arasında yer yer yükselmiş çini kaplı minareleri ve cami kubbelerini hayran hayran seyrediyordu. Şehirde ne büyük haşmet ve güzellik vardı.

Önce bir hana gittiler. Atlarının bakımını Sungur ve Aziz yaparken onlar şehri gezmeye çıktı. Ömer, Gazne'nin büyüklüğü ve güzelliği karşısında şaşırmıştı.

Amcası, onun etrafa hayran hayran bakışlarını görünce, göz kırparak sordu:

– Ne o Ömer? Bakıyorum şehri çok sevdin. Ama haklısın da. Gerçekten de, görmeyeli Gazne şehri, bir başka güzel olmuş. Çocuk güzelliğinden silkinip olgunluğa ermiş güzel bir insan gibi...

– Acaba, sadece Hindistan'a yapılan gazalarla elde edilen altınlarla mı süslendi bu şehir?

– Yok oğul? Gerçi elde edilen ganimetlerin faydası inkâr edilmez ama Gazne'nin zenginliği adil ve akıllı bir idareden ileri geliyor.

– Nasıl bir idare ki bu... Şehir altınla bezenmiş gibi parıldıyor; halkın yüzü gülüyor; şehirden bolluk ve bereket fışkırıyor.

– Oğul! Sultanımız Gazneli Mahmut ve onun babası Sultan Sebük Tekin idaresindeki ülkelerde tam bir huzur ve güven sağladılar. Gazne Devleti'nin hâkim olduğu yerlerde derebeyi ve beyler arasındaki kavgaları sona erdirdiler. Herkes, rahat rahat çalışmakta ve çalıştıklarının da mükâfatını görmekte... Böylece ülkenin kalkınması ve zenginleşmesi de sağlanıyor. Gazneli Mahmut'un, yalnız büyük bir komutan ve gazi olmakla kalmayıp, halkının her türlü derdini düşünen bir Sultan olduğu belli.

– Evindeki her derdi halletmeye çalışan bir baba gibi çalışmış Sultanımız değil mi?

– Evet! Güzel söyledin Ömer. Sultanımız gerçekten de evinin dertlerini düşünen bir baba gibi, halkının her türlü ihtiyaçlarını halletmeden uyuyamayan bir hükümdardır.

– Ben, onu sadece gaza ile uğraşan bir Sultan olarak düşünürdüm.

– Onun yalnız bir cephesini düşünmüşsün oğul! Zaten büyük devlet adamları, tek cepheli değildirler. Onların devlet işlerinin her yönünden anlamaları, idare ettikleri halkı bir baba gibi düşünmeleri lâzımdır.

Ömer'le Bekir Bahadır, çarşıda konuşa konuşa yürüyorlardı. Büyük bir dükkânın önünden geçerken, dükkândan çıkan üç kişiden biri, Bekir Bahadıra dikkatli dikkatli baktı. Biraz durdu. Düşündü ve sonra peşinden:

– Bre Bekir! Bre kan kardeşim! Tanımadın mı beni, diye seslendi.

Bekir Bahadır ona bakınca:

– Oooo! Aslan Bey, diyerek, kollarını açmış olan bu adama sarıldı. İkisi kucaklaştıktan sonra, Aslan Bey Ömer'e baktı:

– Oğlun mu Bekir? Allah bağışlasın, aslan gibi!

– Oğlum değil! Ama oğlumdan da fazla severim.

– Kim?

– Rahmetli Hamza'nın oğlu! Ben büyüttüm, ben yetiştirdim. Koca Hint ülkesinde bileğini bükecek yiğit yoktur belki de...

– Yaaa! Demek rahmetli Hamza'nın oğlu... Babasının öcünü aldı mı? Zannederim bırakmaz alır. Aslan gibi bir yiğide benziyor çünkü.

Bekir Bahadır, sıkıntılı ve sabırsız bir tavırla sözü değiştirmek istedi. Bu durum Ömer'in gözünden kaçmadı.

– Senin çoluk çocuğun var mı Aslan?

– Var ya! Allah bana iki kız evlât verdi. Hamdolsun.

Bekir gülerek, onun sırtını yumrukladı:

– Desene. Oğlun yok ama aslan gibi iki damat sahibi olacaksın!

– Allah'a çok şükür.

İkisi de güldüler.

Aslan Bey, Ömer'e döndü:

– Oğul! Babanın tavırları var sende... Aynı duruş... Aynı bakış. Ne yiğitti o... Çok da iyi arkadaşımdı. Ölümüne hepimiz üzüldük. Ama elden ne gelirdi. Uykuda öldürülmek. Çandra denilen o kalleş...

Bekir Bahadır tekrar söze karıştı:

– Savaşta ölenlerin arkasından yanmayan mı var? Ömer, oğul! Babanın ölümü kendisini tanıyanları çok üzdü.

Ömer, amcasının iki defa söz değiştirmesinden, "babasının öcü" lâfından bazı şeyler sezdi. O, babasının bir meydan savaşında öldüğünü, şehit düştüğünü duymuştu. Amcası öyle demişti. Hindularla yapılan bir savaşta ölmüştü. Ama şimdi, bu Çandra adını, babasının ölümü dolayısıyla neden söylemişti Aslan Bey? "Uykuda öldürülmek" demişti. Ne demekti bunlar?

Amcasının kendisinden sakladığı bir şeyler mi vardı yoksa? Bunu uygun bir zamanda amcasına sormaya karar verdi. Ama hayır... Kendisine bugüne kadar bir şey söylemeyen amcası yine bir şey söylemezdi. Bunu öğrense öğrense yine Aslan Bey'den öğrenebilirdi.

Aslan Bey, Bekir Bahadırın omzuna neşe ile vurdu.

– Yol üstünde yaptığımız bu konuşma yeter. Haydi bakalım şimdi bizim fakirhaneye...

Bekir Bahadır özür diledi:

– Aslan! Biz handa kalmayı düşünüyoruz.

– Bekir! Bekir! Bu ne biçim söz. Kırk yıllık arkadaşımı bulacağım da kendi evim dururken, onu han köşelerinde yatıracağım ha? Söyle... Sen yapar mısın bunu ha, yapar mısın?

Bekir Bahadır fena sıkıştırılmıştı.

– Rahatsız etmeyelim dedik.

– Bre rahatsızlık ne demek? Buluşmamızın şerefine kurbanlar kestireceğim be!

Bekir Bahadır, bu samimi ısrar karşısında daha fazla direnmenin hoş olmayacağını anlayarak Ömer'e döndü:

– Haydi Ömer! Eşyalarımızı handan getirelim.

Aslan Bey kızdı:

– Siz neden gideceksiniz? Yollarız bir adam aldırırız.

– Yok! Yok! Ben gitmesem bile yanına vereceğimiz bir adamla Ömer gitsin... Ömer, oğul! Hana sen git. Hesabı da kes. Sungur'la Aziz'i de, al gel.

– Peki amca!

Aslan Bey Ömer'e döndü:

– Oğul, at uşaklarınızı ve eşyalarınızı alarak hemen gelin. Sakın gecikme ha! Gazne'yi, ben gezdireceğim size.

Ömer, Aslan Bey'in yanına kattığı yiğitle giderken, amcasının kendisini uzaklaştırıp, Aslan Bey'le yalnız kalmak için, bilhassa kendini gönderdiğini tahmin etti.

Babası ile ilgili bir sır mı vardı ortada? Acaba neydi bu? Babası Çandra adlı bir Hindu tarafından mı öldürülmüştü. Ama amcası bunu niye şimdiye kadar ona söylememişti. Böyle bir durum varsa, kendisi için ne utanılacak durumdu bu? Öyle ya, Aslan Bey daha onu ilk görüştü babasının öcünü alıp almadığını sormuştu. Babasını tanıyıp da onunla karşılaşanlar da aynı şeyi düşünmezler miydi?

Şimdiye kadar amcasının öçten bahsetmemesi nedendi? Yoksa kendisi mi yanılıyordu? Aslan Bey'in söylediklerini yanlış mı anlamıştı?

Hancı ile hesabı kesip, Aslan Bey'in konağına varıncaya kadar, bu sorular zihnini kurcalayıp durdu.

Aslan Bey, Gazne Devleti'nin gizli haber alma dairesi şefiydi. Sultan Mahmut, bu daire vasıtası ile kendi sarayı dâhil olmak üzere, ordu ve ülkesinde, Bağdat'tan Kaşgar'a kadar her yerden haber toplardı. Aslan Bey, eski bir komutanken, bacağından yaralanınca bu dairenin başına getirilmişti. Konağı çok muhteşemdi. Kalabalık bir ailesi vardı.

Akşam namazından sonra karınlarını doyurup nar şerbetlerini içerken, sohbete başladılar. Bekir Bahadır, on beşinci Hint Seferi için Gazne'ye geldiklerini söylediği zaman, Aslan Bey sakalını sıvazladı:

– Yapacağımız bu sefer, çok önemli. Şimdiye kadar yapılan savaşların en şiddetlisi ve korkuncu olacak. Bu bakımdan, yirmi beş bin veya otuz bin asker alınacak. İki yüz de fedaî seçilecek. Bu fedaîler yapılacak at yarışları, güreşler, kılıç oyunları ve ok atma ile ayrılacak. Tabii ki, bunca yiğit arasında fedaî seçilmek pek kolay değil. Bunlar, yiğitler yiğidi, bahadırlar bahadırı kimseler olacak. Ordumuzun vurucu gücünü bunlar teşkil edecekler. Hepsinin çelik pençeli, aslan yürekli olması lâzım. Çünkü en tehlikeli yerlere onlar gönderilecekler.

Bir balık gibi yüzmeli, uçar gibi giden atın sırtından atlayıp, tekrar koşan ata atlamalı... Dik duvarlara tırmanmalı... Beş altı metrelik yüksekliğe atlayıp, sıçramalı. Sözün kısası fedaî olacak yiğitlerin gözlerini budaktan sakınmaz bahadırlar olması gerekli.

Bekir Bahadır güldü:

– Öyle ise bütün Gazne ordusu fedaî seçilecek desene.

– Doğru ordumuzdaki erlerin çoğu, bu söylediklerimi yapacak yiğitler... Ama aralarında seçme olacak.

– Desene en iyileri seçilecek?

– Evet! Yiğidin yiğidi yani...

Bekir Bahadır'ı görmeye gelmiş, arkadaşları olan beyler, gelirken oğullarını da yanlarında getirmişlerdi. Ömer, kendi yaşındaki bu delikanlılarla hemen kaynaşmış, arkadaş olmuştu. Onlar da bu sohbete katılmışlar merakla konuşmaları dinliyorlardı. Ömer heyecanla sordu:

– Fedaî seçimleri ne zaman yapılıyor acaba?

– İki gün sonra... Gazne dışındaki, savaş oyunlarının yapıldığı geniş meydanda... Bütün gaziler ve Sultanımız Gazneli Mahmut da bulunacak.

– Seçmelere ben de gireceğim.

Aslan Bey, ne diyeceğini şaşırdı. Yutkundu. Diğer beylerin de yüzüne bakarak:

– Şey Oğul! Bu bambaşka bir meseledir, dedi. Çok olgun ve tecrübeli yiğitlerin katılacağı seçmedir. Gazalarda pişmiş yiğitler katılır buna. Orası bir er meydanıdır.

– Ben er değil miyim?

Bunu sorarken Ömer sertleşmiş, gözleri kıvılcımlar saçmaya başlamıştı. Çok kızmış olduğu halde, terbiyesini yine bozmamış, gözlerini Aslan Bey'e dikmiş, cevap bekliyordu.

Tekrar şaşıran Aslan Bey, Bekir Bahadır'ın yüzüne bakarak kendisini bu güç durumdan kurtarmasını bekledi. Ama Bekir Bahadır kurnaz bir tavırla gülümsüyor, yeğeni ile Aslan Bey arasındaki konuşmanın nereye varacağını bekliyordu.

Aslan Bey cevap verdi:

– Er olmaz mısın oğul? Ben onu demek istemedim.

– Ya ne demek istediniz Beyim? Orasının bir er meydanı olduğunu gazalarda pişmiş yiğitlerin katılacağını söylediniz.

– Oğul! Bu bir tecrübe meselesi. Bak daha on dokuz yirmi yaşlarındasın.

– Pekiyi geç doğmuş olmak benim kabahatim mi?

– Yok oğul! Ama gayet yiğit ve silahşörlar katılacak bu seçime... Tecrübeli bahadırlar... Savaşta göz kırpmadan ölüme gidecekler...

– Beni denediniz mi?

Ömer bunu söylerken gülmeye başlamıştı.

– Oğul denemeden söyleyebilirim ki, muhakkak iyi yetiştirilmişsindir. Bekir Bahadır'ın yetiştirdiği ve övdüğü bir gencin yüreğinden ve bileğinden, kılıç kullanmasından, kargı dürtmesinden ve ok atmasından şüphe edemem. Hele ata binişinden... Ama şimdi durum farklı... Bunca yiğit arasından sivrilmek? Hani gönül isterdi ki, seni seçime sokmadan fedaî yapalım. Ama bu mümkün değil. Yapılabilecek şey değil bu...

Ömer kızmamaya çalışarak cevap verdi:

– Galiba yanlış anlaşıldım. Böyle bir kayırma yapsaydınız zaten ben kabul etmezdim. Ben bileğimin gücü ile hak ederek fedaîlik hakkını ele geçirmek isterdim. Bu seçmeler herkese açık değil mi? İsteyen girebilir mi?

– Evet girebilir!

– Öyle ise mesele yok. Ben de girip şansımı deneyeceğim.

Aslan Bey, yine Bekir Bahadır'a baktı. Bekir Bahadır "olur" dercesine başını salladı. Bunun üzerine Aslan Bey, Ömer'e:

– Peki, yiğidim, dedi. Er meydanı yiğit bekler.

Dördüncü Bölüm

Çandra Kim?

Kimdi bu Çandra?

Babası, bu adı taşıyan bir Hindu tarafından öldürülmüşse, iş değişiyordu. Öyle ya, bir meydan savaşında ölen yiğidi şehit eden, belli olmazdı; ama uykuda öldürülmesi?

Kahramanlıklarını duyduğu o yiğit babası, bir baskına mı uğramıştı? Uykuda mı şehit edilmişti? Eğer öyle ise, ne üzücü bir durumdu bu...

Çandra! Kimdi bu Çandra? Çandra adında yüzlerce, binlerce Hindu vardı. Bu adam, tanınmış biri olmalıydı. Öyle ya... Aslan Bey ne demişti: "Kalleş Çandra!"

Demek, tanınan, bilinen bir Hindu silâhşörü bu... Türk beylerinin tanıdığı biri.

Belki de, Hindu racalarından biriydi bu adam. Ama amcası neden şimdiye kadar ona bir şey söylememişti? Eğer babasını öldüren kimse belli ise, niye kendisini ayıplanacak bir durumda bırakmıştı? Ömer'in birden, kafasında bir şimşek çaktı. Senelerce evvelki bir olay aydınlandı kafasında... Çandra adı ve amcası Bekir Bahadır. Evet, evet bu adı duymuştu... Çandra adını şimdi hatırlamıştı.

Dört veya beş yaşlarındaydı. Bahçede oynarken, amcasının yiğitlerinden biri, bahçe kapısının önüne kadar sürdüğü atından atlamış, bahçeden eve deliler gibi koşmuştu. Ömer, bu yiğidi çok severdi. Ona binicilik öğretirdi. Ömer, uzun zamandır görmediği bu bahadırın peşinden eve koşmuştu.

Büyük odada, amcası ile gelen yiğit, heyecanlı heyecanlı konuşuyordu... Ömer şimdiki gibi hatırlıyordu. Gelen yiğit, karşısında, saygılı bir tavırla durduğu Bekir Bahadıra:

"Evet Beyim! Çandra'nın yerini öğrendim." diyordu.

Bekir Bahadır da, sevinç ve heyecanla, habercinin yakasını tutmuş:

"Nerede? Nerede?" diye haykırmıştı.

Bu sahne şimdi, bütün canlılığı ile gözlerinin önüne gelmişti. Evet, Çandra adını o zaman duymuştu.

Amcası, ertesi sabah silâhlarını kuşanmış, haberi getiren yiğit ve at uşağı ile evden çıkmıştı. O sırada uyanmış olan Ömer, amcasının gidişini pencereden görmüştü.

Amcasının ne kadar zaman sonra döndüğünü hatırlamıyordu. Hatta bu olayla ilgili unutamadığı bir hatırası vardı. Amcasının gidişinden sonra, onu çok özlemişti. Öyle ki, Sungur'la ormanda ok atma talimi yaparken amcasının geldiğini bildiren hizmetkâr çocuğa, sevinçten ne vereceğini şaşırmış, sonunda belinden çektiği çok sevdiği hançerini, ona bahşiş olarak hediye etmişti.

Sevgi ile koştuğu amcasını, yorulmuş ve çökmüş bulmuştu.

Bu olaydan sonra, Çandra'nın adı duyulmamıştı. Yoksa Bekir Bahadır, kardeşinin öcünü almış mıydı? Eğer almışsa, niye kendisine bundan hiç bahsetmemişti? Hâlbuki aralarında hiç gizli bir şey yoktu? Yoksa kendisi mi öyle zannediyordu? Amcasının kendisinden sakladığı bir şey mi vardı acaba?

Ömer, amcasını ne kadar da seviyordu. Amcası Bekir Bahadır, onu yetiştirmek için az mı uğraşmıştı. İlk defa ata binmesini, ok atmasını, kılıç kullanmasını, kargı dürtmesini ve daha ne hünerler öğretmişti?

Sadağından şimşek gibi hızla ok çekmesini, rüzgârı hesaplayarak bir anda oklarını hedefe ulaştırmasını öğretmek için az mı uğraşmıştı.

Kılıç oyunlarındaki bütün ustalıkları da gösteren o değil miydi? Ömer'in yetiştirilmesini emrindeki yiğitlere bırakmamış, hep o uğraşmıştı hep o...

Amcası onu çelik gibi yetiştirmişti. On bir on iki yaşlarına geldiği zaman, onu bazen karlı ormanlara bırakmış, Ömer'in cesaretini denemişti. Karlı ormanda, bir gün üç kurdun saldırısına uğrayan Ömer, ikisini öldürmüş, üçüncüsü ile boğuşurken bir okla üçüncü kurdun devrildiğini görmüş ve şaşırmıştı. Bu okun kimin tarafından atıldığını anlayamamıştı. Etrafı araştırdığı halde, kimseyi görememişti. Oku atan sır olmuştu.

Ömer, o soğuk havada yüzdüğü üç kurdun postunu sürüye sürüye eve getirdiğinde, amcasını, ocak başında kendisini gülümseyerek süzerken bulmuştu. Amcasına, bir yiğidin ok atarak üçüncü kurdu öldürüp hayatını kurtardığını anlattığında, amcası da bu işe şaşmıştı. Belki de şaşar gözükmüştü.

Ama Ömer şimdi anlıyordu ki, kendisini kurtaran, canı gibi koruduğu Ömer'i adım adım izleyen Bekir amcasıydı...

Karısı genç yaşta ölünce, amcası çok sevdiği eşinin hatırasına hürmeten, bir daha evlenmemişti. Çocuğu da olmayan amcası, Ömer'i evlât edinmişti.

Bütün bunları düşünen Ömer, amcasının Çandra meselesinden bahsetmemesinin bir sebebi olduğunu anladı. Amcası, bu meseleyi sakladığına göre kendisi de, ona hiç bir şey sormamalıydı.

Evet, bu meseleyi şimdilik hiç kurcalamayacaktı. Kararsızlıktan kurtulan Ömer, az sonra derin bir uykuya daldı.

Beşinci Bölüm

Kasırga

Ertesi gün, öğleye kadar, Gazneli Mahmut ve büyük bir kalabalık önünde at yarışları yapılmıştı. Beş yüz yirmi gencin katıldığı bu yarışmada, sona, altmış kişi kalmıştı. Ömer de, sona kalan bu altmış atlının arasındaydı.

Şimdi de, en iyi binici seçilecekti. Ömer Kasırganın üstünde heyecanla bekliyordu. Çünkü yanındaki atlıların hepsi de, ata binmekte usta kişilerdi. Bunu az önceki yarışta göstermişlerdi. Atlarının üstündeki duruşları, dizginleri kavrayışları bunu gösteriyordu. Hepsinin bindiği atlar, yeri hiddetle dövüyor ve acı acı kişniyordu.

Karşıdaki tepeye kadar gidilecek, tepenin arkasından dolaşarak, tekrar yarışın başladığı yere gelinecekti. Bütün biniciler, son dikkatleriyle verilecek işareti bekliyordu. Nihayet beklenen işaret verildi.

Altmış atlı, geniş meydanda ok gibi ileri fırladı. Yeri, davul tokmakları gibi döven toynakların gürültüsü, koca alana yayıldı. Cins ve talimli atların, zarif bacakları, gökte uçan kuşların kanat çırpmaları kadar çabuktu. Zarif gözüken bu ayaklar, aslında sinir ve adeleden olup, çelik gibiydiler. Nice savaşlarda, düşman topraklarını ve cesetlerini çiğneyip geçmişti onlar...

Ömer, ilk anda, Kasırga'yı yormamak istiyordu. Çünkü mesafe uzundu. Uzaktan bakıldığında, atlılar bir elin parmakları gibi gözüküyordu. Kimi ileri çıkmış, kimi de geri kalmıştı.

Ömer'in önünde on, on beş atlı vardı. Kasırga'ya hafifçe dokundu. Üç, dört atlı geride kaldı. Tepeye yaklaşırken, Kasırga'nın hızı, daha da arttı. Rüzgâr, Ömer'in kulaklarında ıslık çalmaya başladı. Ömer, Kasırga'nın boynuna iyice yatarak, rüzgârın, hızı kesmesini önledi. Tepeye vardığında, önünde dört atlı kalmıştı. Arkalarında bıraktıkları toz bulutlarından, bunların ne cins at oldukları anlaşılmıyordu.

Ömer, Kasırga'ya güveniyordu. Bir aralık, atına seslendi.

– Haydi Kasırga! Sadık dostum! Utandırma beni!

Kasırga anlamış gibi kişnedi. Daha da hızlandı. Ömer şimdi, Kasırga'nın önünde sarsılan başından ve hızla geriye giden topraktan başka bir şey görmüyordu. Yarışın ve hızın verdiği bir haz içerisindeydi.

İki atlı daha geride kaldı. Tepeyi dönerken Ömer, Kasırga'yı bir daha mahmuzladı. Kasırga, su gibi terlemişti. Ağzından çıkan köpükler geriye uçuyordu. Öndekilerden birini daha geçtiler. Seyirciler arasında bir uğultu yükseldi. Şimdi Ömer'le, öndeki atlı, yan yana gidiyordu. İki at da, boyunları sarsıla sarsıla, arkalarında toz bulutları bırakarak, rüzgâr gibi uçmaktaydı. Uğultu artmıştı. Yanındaki binici, naralar atıyor, atını coşturuyordu. Ömer de, atına heyecanla bağırmaktaydı:

– Haydi Kasırgam! Göster kendini, cins atım!

Kasırga, bu sözleri anlamış gibi, öyle bir hamle yaptı ki, öteki atı, pek az zamanda, toynaklarının kaldırdığı toz bulutu arkasında bıraktı. Ama bir anda Ömer, atının karnına doğru düştü. Etraftan üzüntülü çığlıklar koptu.

Ne olmuştu da, bu yiğit genç, son anda talihsizliğe uğramıştı. Düşmesi bir yana, arkadan gelen atların toynakları altında çiğnenmesi ihtimali de vardı. Herkes, aslan gibi bu yiğit için üzülmüştü. Gözler, toz bulutları arasında onu arıyordu. Kasırga ise, yine en önde yarışı sürdürüyordu. Sanki bir binici tarafından sürülüyormuş gibi...

Bir anda, etrafı öncekinden daha büyük bir uğultu kapladı. Ömer, atının altından geçerek öteki yandan, tekrar yerine oturmuştu. Demek, onun az önce yaptığı sadece bir oyundu. Bu hareketi, herkesin, Ömer'e, sevgi ve hayranlık duymasına sebep oldu.

Ama ama yine ne oluyordu? Ömer, şimdi de, atının üzerinde ayağa kalkmış, durarak, yarışı götürüyordu.

Bu durum, Gazneli Mahmut'un bile dikkatini çekmişti. Yanındakilere, bu yiğidin kim olduğunu soruyor, onun hakkında bilgi alıyordu.

Yarış sırasında, Ömer'in yaptığı harekete cesaret etmek, her babayiğidin harcı değildi. Bunun için aslan yürekli ve irade sahibi olmak lâzımdı. Tabii, ustalık da şarttı.

Kasırga bitişe yaklaşırken, dizginleri bırakmayan Ömer, önce atın sağ yanına kaydı. Ayaklarını yere değdirdikten sonra zıpladı; atın üstüne çıktıktan sonra, sola kaydı. Tekrar ayaklarını yere değdirdikten sonra zıplayıp Kasırga'nın sırtına yerleşti.

Bu son hareket, oradaki bütün bahadırlara parmak ısırttı. Her biri, bir kahraman olan gaziler, yüreklerinden kopup gelen heyecanlı seslerle meydanı inlettiler:

– Yaşa Türk aslanı!

– Allah, bütün gazalarında yardımcın olsun!

– Aşkolsun sana!

– Ata biniş ancak bu kadar olur!

Bekir Bahadır'ın yanında oturan Aslan Bey de coşmuştu. Bekir Bahadır'a bir dirsek vurarak:

– Bekir! Bekir! Bir aslan yavrusu yetiştirmişsin, dedi. Zaten görünüşünden de ne yiğit olduğu anlaşılıyordu. Ama bu derecesini, doğrusu ya ummazdım. Sanırım, kılıç kullanması, kargı dürtmesi ve ok atması da bundan farksızdır.

Bekir Bahadır, gayet ciddydi. Cevap verdi:

– Bilemem! İşte er meydanı! Orada anlaşılacak.

Bu konuşmalar olurken, Ömer, yarışı en önde bitirmişti.

Davullar dövülüyor, Ömer övülüyordu. Beyler, Bekir Bahadır'ı tebrik etmekteydiler.

Öğle namazı kılınıp, yemekler yendikten sonra, herkes alanda yerini almaya başladı. Gazneli Mahmut'un yerine oturmasıyla, davullar dövülüp borular ötmeye başladı. Gür sesli bir ulak, ok atıcıları alana davet etti.

Fedaî seçilmek isteyen yiğitler pek çoktu. Onun için, yarışmaya katılanlar ellişer kişilik sekiz bölüme ayrıldı. Bu bölümlerin keskin nişancıları belli olduktan sonra, bunlar da, kendi aralarında birinciyi seçeceklerdi.

Önce yakın mesafeden başlayan atışlar, uzak hedeflere yöneltildi. Sonunda, her bölümün keskin nişancıları ortaya çıktı. Ömer de, kendi bölümünde nişancılığını göstermişti.

Sekiz okçu, alana dikilmiş olan gez[2] tahtasının karşısında sıralandılar. Gez tahtasındaki kırmızıya boyanmış koca yuvarlakları, ufacık görecek kadar uzaktaydılar.

Sıra ile yaylarını geren yiğitlerin sekizi de, hedefi vurdu. Bunun üzerine hedefin değiştirilmesine ve

---

2 Okun, kirişe geçen ucundaki kertik.

hareketli bir hedef seçilmesine karar verildi. Derhal, önceki hedef tahtasının tepesine bir tahta çakıldı. Bundan sarkıtılan ipin ucuna bir cisim kondu.

Atıcılar, ipin ucunda sallanan bu hedefe atış yapacaklardı. Sıra ile atışlar yapıldı. İlk atışta, üç kişi kaybetti. Geriye beş kişi kaldı. Birinciyi belirlemek için atıcılar, hedeften biraz daha uzaklaştırıldı.

Sallanan ve iyice uzaklaştırılmış hedefe, bu defa iki ok saplandı. Biri, Ömer'in okuydu. Diğer ok da, yirmi iki yaşlarında aslan yapılı bir yiğidin...

Bu gencin de kartal gibi bakışları vardı.

Tekrar sallanan hedefi, iki yiğit de vurdu. Sonra birbirlerine bakarak tatlı tatlı gülümsediler.

Atıcılar biraz daha geriye alındı. Atış tekrar edildi. Oklar yine hedefte...

Herkes şaşırmıştı. Yarışı idare eden bey, yardımcılarını yanına çağırdı. Onlarla uzun uzun konuştu. Sonunda şöyle bir karara vardılar:

Yarışmacılardan yirmi adım uzakta, bir adam okunu havaya atacak, yarışmacılar da sıra ile bu oku vuracaklardı.

Yarışmayı idare edenler, birinciyi ortaya çıkarmak için bundan başka çare bulamamışlardı. Bu hareket, hem atıcının çabukluğunu ve hem de, keskin nişancılığını belirtecekti.

Bu karar, seyircilere bildirildiğinde itirazlar yükseldi.

– Olmaz böyle şey! İmkânı var mı bunun?

– Yaydan fırlayan ok havada vurulur mu?

– Bunu kim yapabilir?

– İki yiğidin berabere kaldığını bildirsinler. Olsun bitsin!

Ama karar verilmişti. Derhal uygulamaya geçildi.

Önce öteki yiğit atacaktı. Bu keskin nişancı, kaşlarını çatmış, okunu fırlatmak üzere yayını geçirmiş bekliyordu. Bir işaretle, karşısındaki adam okunu havaya fırlattı. O anda, gençte okunu bıraktı. Ok vınlayarak uçtu. Etrafı sevinç çığlıkları, takdir sesleri kapladı. Yiğidin oku, fırlatılan oku havada vurmuştu.

Gazilerden öyle bir uğultu yükseldi ki, sanki gök gürlüyordu. Ulak, atını dört bir yanda koşturarak, gencin keskin nişancılığını duyurdu. Uğultu bir müddet devam etti. Sonra yavaşladı yavaşladı ve durdu.

Sıra, Ömer'e gelmişti. Binlerce göz ona dikilmişti. Ömer, heyecandan terlediğini hissetti. Rakibi olan yiğidin bu keskin nişancılığı onu da hayran etmişti. Kıskanmak değil, ona gıpta ediyordu. Türk ordusunda böyle yiğitlerin olması, onların arasına girebilmek düşüncesi Ömer'e büyük bir haz vermişti.

Yavaş yavaş vaziyet alarak yayını hafifçe gerdi. Ama heyecandan ve hedefi vuramamak endişesinden ellerinin titrediğini hissetti. Bu heyecandan kurtulmak için, Amcası Bekir Bahadır'ın öğütlerini hatırladı:

"Hedefe atış yapacağın zaman başka şey düşünme! Rahat olmaya bak! Rüzgârı iyi hesapla! Sinirlerine hâkim ol!"

Ömer kendini toparladı. Koca bir alanda olduğunu, binlerce gözün kendisine baktığını unuttu adeta. Sanki bir ormanda, yapayalnız, karşısındaki hedefe ok atacaktı.

Nefesini kesti. Adamın yayını gerdiğini görmüştü. Bir ışık halinde, fırlayan oku görür görmez, besmele ile kirişi bıraktı.

Az önceki gök gürültüsü gibi uğultu tekrar yükseldi. Ömer de, fırlatılan oku havada vurmuştu.

Davullar gümbürdemeye, borular tekrar ötmeye başladı.

Beyler ve yiğitler:

– Yiğitlerin ikisi de keskin nişancı! Berabere kabul edilsinler, diye bağırıyorlardı. Alan idarecileri bunu kabul ettiler. İki gencin berabere kaldığını duyurdular.

Bu başarılar, Ömer'in, seçilecek iki yüz fedaî arasına girmesine yetmişti.

Altıncı Bölüm

Gizli Görev

Ertesi gün, Gazneli Mahmut, Bekir Bahadır ve Ömer'le konuşmak istemişti. Aslan Bey, ikisini saraya götürdü. Sarayın geniş koridorlarını geçtikten sonra, önünde iki nöbetçinin durduğu bir kapının önüne geldiler. Nöbetçiler Aslan Bey'i görünce hazır ol vaziyetine geçtiler.

Aslan Bey kapıyı vurdu. İçerden gür bir ses duyuldu:

– Giriniz!

Aslan Bey, kapının kolunu çevirdi. İçeri girdiler. Oda, gayet genişti. Yere, kıymetli İran halıları yayılmıştı. Odanın duvarlarına kılıçlar, topuzlar ve mızraklar göze hoş gelecek şekilde yerleştirilmişti.

Büyükçe bir sedirin önünde, onları ayağa kalkarak karşılayan üç adam vardı. Biri çok yaşlı, aksakallıydı.

Gözlerinden iyilik akıyordu. Diğeri kırk yaşlarında bir babayiğitti. Ömer, onu savaş oyunlarında gördüğünü hatırladı.

Elli yaşlarında gözüken, sade giyimli, gayet mert çehreli biriydi. Parlayan gözlerle Ömer'i süzüyordu. Gazneli Mahmut... O büyük ve kahraman Sultan... İslam'a hizmet için gazadan gazaya koşan, rahat nedir bilmeyen Gazneli Mahmut... Gazilerin sultanı, yiğitler yiğidi kahraman.

Girenler, odadakileri selâmladılar:

– Selâmün aleyküm!

Odadakiler selâmı iade ettiler:

– Ve aleyküm selâm!

Sonra, Gazneli Mahmut, Bekir Bahadır'la Ömer'e hitap etti:

– Yanılmıyorsam Bekir Bahadırsınız? Bir zamanlar düşman hatlarını darmadağın eden yiğit! Sancaktar Hamza Gazi'nin kardeşi değil mi? Biraz yaşlanmışsınız!

Ömer, bu sesi çok tesirli ve berrak buldu.

Bekir Bahadır, Gazneli Mahmut'a cevap verdi:

– Yanılmıyorsunuz Sultanım! Ama sizin de benden farkınız kalmamış. Siz de yaşlanmışsınız.

Gazneli Mahmut tebessüm etti:

– Uzun yıllar geçti Bekir! Doğan, büyüyor. Gençler yaşlanıyor ve ölüyor. Zamana "Dur!" demek mümkün mü? Oturunuz lütfen! Buyurun oturunuz!

Aslan Bey, Bekir Bahadır ve Ömer, Sultan'ın gösterdiği karşıki sedire oturdular.

Gazneli Mahmut, Ömer'e bakarak sordu:

– Rahmetli Hamza Gazi'nin oğlu değil mi? Doğrusu iyi yetiştirmişsin Bekir Bahadır. Çoktan beri böyle dövüşen bir genç görmemiştim. Tecrübesi de artarsa, önünde durulmaz bir bahadır olacak.

Ömer, utanarak cevap verdi:

– Rahmetli babamı hatırlamanız ve hakkımda söylediğiniz bu sözler bana şeref verdi Sultanım!

– Hamza Gazi hatırlanmayacak bir yiğit değildi oğlum! Kahraman ve cesur... Allah rahmet eylesin. Eşsiz bir babayiğitti o. Senin de o şekilde yetiştirilmiş olduğunu görmek bana sevinç verdi.

– Sağ olunuz Sultanım! Türk, Hint, İran ve Afgan gençleri sizi örnek alıyor.

– Oğul! Dünya geçici... Bugün varsak yarın yokuz. Bu arada, Allah'ın buyurduğu yolda, peygamberin izinden gidebilmişsem ne mutlu bana...

– Zannımıza göre başarmışsınız Sultanım... Bugün, bütün Türk illerinde bir an önce büyüyerek; sizin seferlerinize katılabilmek gayesinde olan binlerce Türk çocuğu, bileklerini kuvvetlendirmek ve silâhları kullanmayı öğrenmekle uğraşıyor. Meselâ ben de onlardan biriyim. Küçüklüğümden beri, bu gaye ile yetiştim.

– Sağ olasın Bahadır! Yiğitlerimizin böyle konuşması, beni daha da güçlendiriyor. Biliyor musun sizi neden çağırdım?

– Bilmiyoruz Sultanım?

– Bahadır!... Komutanlarımla yaptığım konuşmalardan sonra, Sümenat üzerine bir sefer yapmaya karar verdik. Sümenat şehrinde Mabut Siva'ya ait pek büyük bir mabet var.

On bin köy bu mabudun gelir kaynağı... Siva putunu da, günlerce uzaktaki Gence Irmağı'ndan getirilen su ile yıkıyorlarmış.

Bunları anlatmamın sebebi şu: Oranın brahmanları[3], mabutlarının dünyanın en kudretli mabudu olduğunu, hiçbir düşman ordusunun, ona yaklaşamayacağını söylüyormuş. Hindistan'da, Müslümanların, yani gazilerin kırdığı mabutların da onun müsaadesi ile kırılabildiğini iddia ediyorlarmış. Diyorlarmış ki: "Eğer Mahmut, diğer putları kırıyorsa, Siva diğer mabutlara kızdığı için kırabiliyor. Eğer mabudumuz istemese, Gazneli Mahmut bunu yapamaz!"

Gazneli Mahmut sustu. Bir an ortada bir sessizlik oldu. Bekir Bahadır ve Ömer şaşırmıştı. Odada bulunan diğerlerinin bunu bildikleri anlaşılıyordu. Ömer dayanamadı, heyecanla bağırdı:

– Böyle saçma şey de duymamıştım!

– Evet, ama gel de bunu putlara tapan, elleriyle yaptıkları putlardan yardım uman Hindulara anlat.

– Doğru Sultanım! Zaten onlarda sapıtan akıl ve saçma düşünceler olmasaydı putlara taparlar mı hiç?

---

3 Hint kast sisteminde din adamları sınıfına verilen ad.

– İşte böyle... Önlerinde bulunan Büyük Tar Çölü'nü geçemeyeceğimi zanneden bu sapıkların gözleri önünde mabutlarını kırmak, inançlarının yanlış olduğunu ispatlamak lâzım.

Ömer dayanamadı:

– Bir an evvel harekete geçsek Sultanım!

Sonra bu ani hareketinden utandı. Gazneli Mahmut gülümsedi:

– İnşallah yavrum! Sen bütün gazilerin hislerini ifade ettin. Zaten hazırlıklarımız bitmek üzere. Sonra harekete geçeceğiz. Yalnız önemli bir mesele var. Seni de bunun için çağırttım ya.

Ömer, merakla sordu:

– Nedir Sultanım?

– Kırık hançer! Hinduların anlattıklarına göre, çok eski yıllardan kalma bir kırık hançer varmış. Savaş sırasında bunun ucunda üç dört kulaç uzunluğunda bir ışıltı fışkırır, karşısına çıkan ağaç, taş, demir her şeyi kesermiş. Nasıl bir maden olduğu bilinmiyor.

Hindular buna "Siva'nın Şimşeği" adını vermişler. Müslüman-Türk ordusunu, bu hançerin durduracağını söylüyorlar.

Yalnız, şunu da söylemek icap eder ki, Hindular, hançerin bu durumundan bol bol propaganda yapmak imkânı buluyor. Cahil Hinduları aldatıyorlar. İşte, kırık hançeri bu yüzden yok etmek lâzım. O yok edilirse

Hinduların moralleri tamamen yıkılacak. Kırık hançeri yok etmek görevini sana vermek istiyorum.

Senin, dövüşlerde çok güçlü ve yaman bir yiğit olduğunu anladım. Bu vazife herkese verilmez. Senin üstün bir kuvvete ve ustalığa sahip olduğun kadar, her türlü acıya, yorgunluğa tahammül ettiğini de öğrendim. Ağzına bir şey koymaksızın beş, altı gün durabildiğini, yine, dört, beş gün uykusuz kalabildiğini anlattılar.

Bekir Bahadır'ın seni küçük yaştan itibaren çok iyi yetiştirdiğini, kurtlarla, ayılarla boğuştuğunu, silâhsız olsan bile ellerinle onları boğabildiğini öğrendim. Uzaklardan gelen gürültülerin mahiyetini çıkardığını, kuşların uçuşlarından yolunu bulabileceğini, başkasının mahvolacağı ıssız yerlerde kendine sığınacak yer bulacağını söylediler. Seni gördükten sonra bunlara inandım. Yani sözün kısası: Tam aradığım yiğitsin sen!

Ömer'in yüzü kızardı. Utanmıştı.

–Sultanım! Bu görüşlerinize lâyık olmaya çalışacağım.

– Yalnız çok tehlikeli bir görevdir bu... Catların ülkesine gideceksin. Kırık hançeri onlar saklıyorlar. Bilirsin ki, Catlar da Türk ırkındandır. Bu yüzden cengâver kimselerdir. Hindu olduklarından devamlı olarak Müslüman Türklerin karşısına çıkıyorlar. En çetin savaşlarımızı da, onlara karşı yapmaktayız. Her an ölümle karşılaşabilirsin. Çünkü Catlar, kırık hançer için gelmiş olanları, acımadan işkencelerle öldürüyorlar.

– Alnımıza ne yazılmışsa o olur Sultanım. Dinimiz ve devletimiz için canımız feda olsun.

– Yiğit! Biz sizlerin vazifelerinizi başarmanızı ve yaşamanızı isteriz... Onun için tehlikeyi de önceden haber veriyorum. Oraya girmek için kedi gibi çevik, kaplan gibi yırtıcı, aslan kadar korkusuz olmak lâzım.

– Olmaya çalışırım Sultanım! Tabii Allah yardım ederse.

– İnşallah Bahadır! Zaten sana güvenmesem bu görevi vermezdim. Vazifen: Ya kırık hançeri buraya getirmek, ya da yok etmektir. Gideceğin yerde bizim adamlarımız da var. Biri sebze satıcısıdır. Boynunda kanatlarını açmış bir şahin kabartması olan madalyon bulunacaktır. Parolanız: "uzak ülkelerde yetişen çiçeklerin kokuları üzerinden gitmemiş yiğit!" olacaktır. Bunu duyduğun kimse bizdendir. Bu sözü karşısındakinden duymazsan, madalyonu görsen bile sırrını açma. Bu hususta, Aslan Bey sana gerekli bilgileri verecektir.

– Baş üstüne Sultanım!

– Bu çok önemli meseledir yiğit! Her türlü acıya katlanacak, bütün zorluklara göğüs gereceksin.

– Bütün zorluklara göğüs gereceğim Sultanım!

– Eğer yakalanacak olursan Hindulara sır vermeyeceksin. Benim nereye ve ne kadar erle sefer yaptığımı öğrenmek isterlerse, öleceksin ama söylemeyeceksin.

– Asla! Bir kelime bile öğrenemezler Sultanım!

Gazneli Mahmut tekrar dikkatle Ömer'e baktı. Evet... O insan sarrafı Sultan. Karşısındaki genç, emirleri yerine getiren tam bir yiğitti. Sultan, yandaki bir çekmeceden aldığı rulo halindeki ceylan derisini Ömer'e uzattı.

– Al bunu yiğit! Bu, benim hükmümün geçtiği yerlerde, isteklerinin benim emrim olduğunu belirten yazıdır. Mühürlüdür... Bunu gösterdiğin her komutan veya idareci, isteklerini derhal yerine getirecektir. Şimdi yolun açık olsun genç bahadır! Cenabı Hak yardımcın olsun!

Ömer, Sultandan ferman, aldı. Gazneli Mahmut'un elini öptü. Aslan Bey ve Bekir Bahadır kapıdan çıkarken, Ömer'den gözlerini ayırmayan Gazneli Mahmut yanındakilere döndü.

– Tam bir yiğit, dedi. Allah'ın izni ile verilen görevi yerine getireceğinden eminim.

Yedinci Bölüm

Uçurum Kenarında

On gün olmuştu Gazne'den çıkalı. Atların dizlerine kadar yükselen yemyeşil otlar, önlerinde yeşil bir deniz gibi uzanmaktaydı. Atlar bir halıda yürüyormuşçasına rahat gidiyordu. Birden uzaktan bir çığlık geldi. Kasırga durdu ve kulaklarını dikti. Sungur, Ömer'in yüzüne baktıktan sonra, kamçısını uzatarak, sağ tarafı gösterdi.

Uzakta, uzun saçları arkasında dalgalanan bir kadın, rüzgâr gibi koşan bir atın üzerinde gidiyordu. Atı kontrol edemediği anlaşılmaktaydı.

Ömer, fazla düşünmedi. Bir anda Kasırga'yı sürdü. Uzun bir takipten sonra ata yaklaştı. Kadının atı çılgın gibiydi ve duracağa benzemiyordu. Ama az ilerde de bir uçurum belirmişti. Bu gidişle at, muhakkak ki uçurumdan aşağı düşecekti.

Sahibi bunu anlamış olacak ki, acı çığlıklar koparıyor, kendisini attan aşağı atmak aklına gelmiyordu. Ömer, büyük bir gayretle Kasırga'yı sürdü ve çılgın ata yetişti. Atın üstündeki binici, Ömer'i görünce korkunç feryatlar atarak yardım istemeye başladı.

Ömer, âni bir kararla uzandı; kızı belinden yakalayıp, Kasırga'yı sağa çevirdi. Tam zamanıydı. Kasırga, uçuruma bir kulaçlık mesafeden dönüş yapabildi. Öteki at ise kişneyerek aşağı uçtu gitti.

Ömer, uçurumdan biraz uzaklaştıktan sonra kızı yere bırakırken, kendisi de atından atladı.

Kız, bir an ayakta durabildi. Sonra kendinden geçerek yere yığıldı kaldı. Zavallı bu kadar heyecana dayanamamıştı. Ömer, eğildi, kızın başını kaldırdı. O arada bir nal sesi duyuldu. Geldikleri bu bölge kayalık olduğundan nal sesleri büyük yankı yapıyordu. Ömer, başını kaldırdı. Gelen, Sungur'du. Ömer, ondan biraz su istedi. Aldığı suyu kızın yüzüne serpti. Az sonra kız gözlerini açtı. Ömer'le göz göze geldiler.

Yosun yeşiline dönen elâ gözleri birer zümrüt gibi ışıldıyordu. Ömer:

– Kalkabilirsiniz! Kurtuldunuz, dedi.

– Oh! Neredeyim? Tamam, siz, siz beni kurtardınız. Atım! Atım nerede?

Ömer, eli ile uçurumu gösterdi.

Kız ayağa kalktı. Eteklerini tutarak, telaşla uçurumun kenarına koştu. Aşağıda gördüğü korkunç manzara onu dehşete düşürmüş olacak ki, acı bir çığlık kopardı. Ömer, onun yanına koştu. Kızı tutarak kenara çekti. Sonra, onu Kasırga'ya bindirerek, dizginlerini çektiği atını, yeşilliğe doğru götürdü.

Oradan geçen bir derede, elini yüzünü yıkayan kız kendine geldikten sonra, konuşmaya başladılar. Adının "Sita" olduğunu söyledi. Arkadaşları ile at gezintisi yaparken, atının çılgına döndüğünü anlattı.

Sungur:

– Ailen kimdir, diye sordu.

Kız:

– Catlar Racası'nın kızıyım, dedi. Beni babama götürürseniz sizi zengin eder.

Ömer'le Sungur hayretle bakıştılar. Ne inanılmaz tesadüftü bu? Sungur elini alnına vurdu, Türkçe:

– Ne şans be Beyim! Hep bey ve raca kızlarını kurtarıyorsun. Hani aşağısı da idare etmiyor ha...

Ömer kızdı:

– Gevezeliği bırak! Kısmet ayağımıza geldi. Sakın zevzeklik edip kızı kızdırma...

– Yok Beyim, yok! Yapar mıyım öyle şey? Dur, kıza da birkaç soru sorayım.

Sonra, kıza Hintçe:

– Atına ne olmuştu? Sana düşmanlık olsun diye, ata zehirli ot filan yedirmiş olmasınlar sakın?

– Ne bileyim?

Sungur göz kırptı:

– Yoksa bir aşk meselesi için, seni kaçırmak gayesi ile yapmış olmasınlar?

Kız, birden sertleşti:

– Bu sözün için yüz kamçıyı hak ettin! Unutma sırası gelince yiyeceksin!

Sungur'un yüzü gülünç bir hal aldı:

– Hey yırtıcı panter! Bir söz için yüz kırbaç ha?

– Bana yırtıcı panter deme!

Sita kızmış ve Sungur'a sert sert bakmaya başlamıştı. Ömer, araya girdi:

– Sita! Sen Sungur'a bakma... Aklına geleni hemen söyleyiverir. Yalnız Sungur'un söylediği de akla gelebilir. Sizi kaçırmak için, atınızı delirtecek bir ot yedirebilirler. Sizi uzaklaştırdıktan sonra, peşinize takılıp yakalarlar. Ama şimdiye kadar peşinizden gelen bir kimse görülmediğine göre bu çürük bir ihtimal.

– Belki de bu düşünceniz doğrudur. Çünkü son süratle gelirken, üç atlı yolumu kesmek istemişti. Ama at o kadar hızlı koşuyordu ki yakalayamadılar. O atlıların şimdiye kadar görünmemesine gelince aklıma bazı şeyler geliyor.

– Ne gibi?

– Benim beş tane muhafızım vardı. Onlar da hâlâ ortaya çıkmadıklarına göre bu üç adamla çarpışmış olmasınlar?

– Olabilir! Yalnız sizi niye kaçırmak istesinler? Bir gönül meselesi mi?

Sita'nın yüzü kızardı:

– Zannetmem. Çünkü hiç kimse ile ilgim yok. Kırık hançeri ele geçirmek için olsa gerek.

Ömer şaşkınlığı gizleyerek sordu:

– Neymiş o kırık hançer? Kırık bir hançer için, bir prensesi kaçırmak tehlikesi göze alınır mı?

– Bildiğiniz gibi değil... Çok kıymetlidir o.

– Kırık, âdi bir hançerin ne kıymeti olabilir? Yoksa elmaslarla, zümrütlerle işlenmiş bir hançer mi bu?

Sita birden parladı:

– Âdi hançer demeyin ona. O İndra'nın şimşeği'dir. Siva'nın şimşeği diyenler de var onun için. Pek çok inanmayanların gövdesini de ikiye biçmiştir. Ucundan fışkıran kıvılcımı görseniz bana hak verirdiniz ya...

Sonra, sert konuşmasından utanmış olacak ki:

– Affedersiniz, dedi. Birden kendimi tutamadım. Kabalık ettim.

Ömer güldü:

– Yok canım, dedi. Yalnız şaştığım nokta, bu hançeri niye ele geçirmek istedikleri...

– Çünkü o kimin eline geçerse, sahibine büyük zenginlik ve kudret getirir de onun için. Bu hançer, karşısına çıkan zırhlı insanları bile ikiye biçer.

– Zırhlı insanları bile mi? Hayret!

– Bir ordunun arasına kırık hançerle girildi mi, kesilmiş otlar gibi biçer geçer düşman erlerini.

– Desenize onun için ele geçirmek istiyorlar.

– Evet! Ama onun peşinde olanların sonu hep feci olmuştur. Bu gibilerin kemikleri, yılan ve çıyanla kaynaşan kuyuyu doldurmak üzere...

Sungur, korkmuş gibi:

– Bırrr, dedi. Dursun, yerinde dursun o kırık hançer! Onu ele geçirince dünyaya sahip olacağımı bilsem, yine de elimi uzatmam. Çünkü yılanlardan çok korkarım. Bırrr...

Üçü de gülüştüler. Sonra, Ömer Sita'yı aldı ve yola koyuldular. Ömer, içinden konuşuyordu. "Allahım, beni kötü düşüncelerden koru..." derken gözleri yaşardı. Akşama doğru, göğsü kılıçla kesilmiş bir cesede rastladılar. Çevreye bakındıkları zaman, bir tane, bir daha derken yedi ceset saydılar.

Sita beş muhafızını da cesetler arasında tanıdı. Kendisini bulmaya neden gelmedikleri anlaşılmıştı muhafızların. Öteki adamlardan biri de, her halde yaralı bir halde kaçmıştı.

Ömer'le Sungur'un, cesetleri vahşi hayvanlara bırakmaya gönülleri razı olmadı. Sita, bir tarafta dururken, buldukları bir çukura cesetleri koydular. Çukurun üstünü de toprak ve taşlarla örttüler.

Bu çalışma sırasında, hava da kararmaya başlamıştı. O bölgeden uzaklaşarak, uygun bir yerde gecelemeye karar verdiler. Bir saat sonra da, uygun bir yer buldular.

Attan inerlerken Sita sordu:

– Niyetiniz nedir? Ne yapacaksınız beni? Cat Racası'nın kızı olduğumu öğrendiniz. Tutsak edip fidye mi isteyeceksiniz?

Ömer gülümsedi:

– Çaresiz bir kızı tutsak etmek âdetimiz değildir. Serbestsiniz tutsak etmek aklıma bile gelmedi. İsterseniz sizi yurdunuza kadar götürelim.

Prensesin kaşları çatıldı:

– Çaresiz mi? Ben mi? Cat Racası'nın kızı çaresiz ha? Bu sözün için sen de yüz kamçıyı hak ettin.

Sungur söze karıştı:

– Dur bre kız! Kırbaçlata kırbaçlata öldürteceksin bizi. Ne de insafsızsın öyle tatlı cadı.

Bu söz, havadaki gerginliği yok etti. Sita'nın çatık kaşları düzeldi. Güldü. Üçü de gülüyorlardı şimdi. Ömer:

– Biz Müslümanlar, iyilikleri karşılık bekleyerek yapmayız, Allah rızası için yaparız. Yardım isteyen kim olursa olsun yardımına koşarız.

– Yok yok. Ben bu iyiliğin altında kalamam!

Sungur, yine söze karıştı:

– İyilik altında kalmak istemezsen, seninle karşılaşmadan önce vurduğum şu yaban ördeklerini yol da yiyelim. Çünkü nerede ise açlıktan yere yıkılacağım.

Sita, bu defa Sungur'a kızmadı. Gülümseyerek onun peşinden gitti. Az sonra, çıtırtılarla yanan bir ateş başında, sırıklara geçirdikleri yaban ördeklerini pişirmeye başladılar. Yemekten sonra, kıza yatması için uygun bir yer hazırladılar. Sita'yı korumak için, ondan beşer adımlık uzaklıkta, onu aralarına alacak şekilde yatmışlardı.

Sungur, hemen uyudu. Ellerini başının altına alarak, sırt üstü yatmış olan Ömer, uzun zaman uyuyamadı. Gözlerini gökyüzüne dikmiş, hayale dalmıştı. Lacivert gökyüzünde, mücevher gibi serpiştirilmiş yıldızlar, pırıl pırıldı. Ay gülümsüyordu sanki...

Sekizinci Bölüm

Filin Saldırısı

Sabahleyin kalkan Ömer, Sungur'la akan suda abdestini alıp, namazlarını kıldılar. Sonra atlarının yanına geldiler. Ömer atının dizginlerini gözden geçirirken, bir kaplan kükremesi ile irkildi. Arkadan korkunç bir homurtu, kırılan dal ve çalı çıtırtıları arasında, Sita'nın acı çığlığı duyuldu.

Bir anda hançerini çekerek, dalların ve çalıların arasında çılgınlar gibi, Sita'nın bulunduğu tarafa koştu. Sita ile yolun yarısında karşılaştı. Üstü başı dağılmış olan Sita, büyük bir korku içindeydi. Elleriyle derin soluklarla sık sık inip kalkan göğsünü tutmuştu. Ömer heyecanla:

– Ne oldu? Ne var Sita, diye sordu.

Hintli prenses, eliyle geldiği tarafı gösterdi. Ömer biraz ilerledi. Dalları aralayarak baktı. Gördüğü manzara korkunçtu.

Çok iri ve korkunç bir fil, bir kaplanla boğuşuyordu. Kaplan, ağzını açmış, huysuz huysuz homurdanarak filin etrafında dolaşıyordu. Fil de, ara sıra uzattığı hortumu ile onu yakalamaya çalışıyordu. Fil hortumunu uzattıkça, kaplan pençeleri ile müdafaa vaziyetine geçiyor, pençelerini, uzanan hortuma sallıyordu.

Ömer'in arkasından gelip bu vahşi dövüşe bakan Sita, nefes nefese anlattı:

– Yüzümü yıkamak için suya eğilmiştim ki, arkamda bir çıtırtı oldu. Döndüm. Az ilerde, kuyruğunu sallayarak, üzerime atlamaya hazırlanan bu kaplanı gördüm. Adeta dilim tutulmuştu. Sana seslenmek de, o anda aklıma gelmedi. Zaten seslenseydim de ne faydası olurdu ki, siz yetişinceye kadar o beni parçalardı. Şansım varmış ki, o esnada, iri bir fil gözüktü. Kaplan, beni bırakarak ona saldırdı!

Sita sözlerini bitirmişti ki, iki hayvanın kapıştıkları görüldü. Filin bir yılan gibi uzanan hortumu, kaplanı belinden yakaladı. Bir dana iriliğindeki kaplan, havalanıverdi. Boşlukta, ayaklarını büyük bir hırsla oynatan kaplan, kıvranıyor, kendisini kavramış olan hortumdan kurtulmaya, onu ısırmaya çalışıyordu.

Etrafı inleten acı bir uluma koyuveren fil, büyük bir kızgınlıkla kaplanı havaya kaldırdı, kaldırdı ve süratle yere çaldı. Kaplan yerde debelenirken iri ayakları ile onu çiğnedi çiğnedi... Kaplandan yerde, adeta posttan başka bir şey kalmamıştı.

Sonra sarsak adımlarla, küçük bir dağın yürümesini andıran vücudu ile su kenarına gitti. Dizleri üzerine çökerek, hortumu ile su çekip, kaplanla dövüşürken almış olduğu yaraları, su ile yıkamaya başladı. Bu arada da, acı acı sesler çıkarıyordu. Arada, inilti halinde sesler bırakan hayvan, ikide birde, hırsla başını çeviriyor, etrafı araştırıyordu.

O anda, Ömer'le Sita'nın kokusunu almış olacak ki, dizleri üzerinde, birden ayağa fırladı. Bu koca vücudun bu kadar çevik olması doğrusu şaşılacak şeydi.

Ömer:

– Bizi gördü! Çabuk ol! Kaçalım, diye haykırdı.

İki genç, geri döndüler. Kaçmaya başladılar. Arkalarında dallar ve çalılar çatırtılarla kırılmaya başladı. Ömer, ilerdeki Sungur'a da bağırdı:

– Durma, kaç! Fil! Azgın bir fil geliyor!

Sonra Kasırga'yı tutarak atladı, Sita'yı da aldı. Kasırga'yı topukladı. Kasırga, süratle koşmaya başladı. Kaplandan almış olduğu yaralarla çılgına dönmüş fil de, çok hızlı koşuyordu. Öyle ki, nerede ise Kasırga'ya yetişecekti.

Ağaçsız bir bozkıra girdiler. Fil, kulaklarını dikmiş ve hortumunu kaldırmıştı. Onun yaklaştığını gören Sita, acı çığlıklar atıyor, atı daha hızlı sürmesi için Ömer'e bağırıyordu.

Ömer:

– Korkma, diyordu.

Ömer mahmuzlarıyla Kasırga'nın karnını yırtacak kadar, zavallı hayvanı zorluyordu. Sita ve Ömer, filin kuvvetli soluğunu hissediyorlar; havaya çarpan hortumun ıslıklarını duyuyorlardı. Filin, kendilerini atla beraber havaya kaldırıp yere çarpması an meselesiydi artık...

Ömer, ani bir karar verdi. Belinden kavramış olan Sita'ya haykırdı:

– Sita! Ben atlayacağım. Fili şaşırtmak lâzım. Bu gidişle, ikimizi de yakalayacak. Sen, belimi bırak ve şu dizginleri tut.

Ömer, bunu söyledikten sonra, dizginleri Sita'nın eline sıkıştırdı. Sonra geriye baktı. Filin geliş yönünü gördü. Kendini sağ tarafa doğru, otların arasına attı. Biraz yuvarlandı ve sonra ayağa fırladı. Üzerindeki ağırlık azalmış olan Kasırga, kuş gibi uçup gitmişti.

Ömer, yanından bir fırtına gibi geçen filin rüzgârını hissetti. Fil, gittikçe arayı açmış olan Kasırga'yı yakalayamayacağını anlamış olacak ki, gürültü ile durdu. Sonra geri dönerek Ömer'e saldırdı.

Ömer, kılıcını çekmiş fili bekliyordu. Fil, büyük bir hırsla saldırdı. Ömer, yana kaçarken savurduğu kılıçla filin hortumunun ucunu uçurdu.

Acı acı uluyan fil, geri dönerek tekrar saldırdı. Ömer, kılıcını savururken beline yediği hortumla dört beş metre ileri fırladı. Yerde yuvarlanırken, elindeki kılıçla da, otların arasına düşmüştü.

Fil, kuvvetli bir soluma ile tekrar saldırdı. Kulaklarını dikmiş ve hortumunu kaldırmıştı. Ömer hançerini çekti. Ucundan kavrayarak süratle üzerine gelen filin gözüne nişanlayarak fırlattı. Sonra, yine kendini yana attı.

Sol gözüne sapına kadar gömülmüş hançer, koca fili dizleri üzerine çökertti. Hayvan, hortumunu bir kırbaç gibi sallayarak, otları, kökleri koparıp atmaya başladı. Bir taraftan acı sesler çıkarıyor, diğer yandan da çevresinde sökülmedik bitki bırakmıyordu.

Sonra yavaş yavaş halsizleşti. İnilti halinde sesler çıkardı. Nefesi ıslık gibi öttü. Ucundan kan boşanan hortumunun hareketi yavaşladı, yavaşladı ve sonunda durdu. Koca hayvan, dizlerinin üzerinden bir kütük gibi yana devrildi. Ömer, eli ile akan terleri sildi. Kendisine yardıma koşmuş ve yanına gelmiş olan Sungur'a:

– Allah'a şükür! Kurtulduk, dedi. Böyle olmasını istemezdim. Zavallı hayvanı öldürmek, hiç de hoşuma gitmedi. Yazık oldu!

Sungur, cevap verdi:

– Ölmemek için öldürmek lâzımdı beyim!

O esnada nal sesleri üzerine başlarını çevirdiler. Sita gelmişti. Ömer'i, ölmüş olan filin başucunda görünce bir sevinç çığlığı kopardı:

– Ay! Koca fil ölmüş... Ömer, bunu nasıl yapabildin? Sen müthiş bir kahramansın Ömer! Bunu, sarayda anlatsam inanamazlar. Masal kahramanı gibi bir yiğitsin sen!

Ömer, cevap vermedi. Gülümsedi.

– Haydi bakalım! Yola devam, dedi.

Dokuzuncu Bölüm

Ormandaki Yaralı

Öğleye doğru, Sind Vadisi'nde ilerliyorlardı. Sita, Ömer'in atının arkasında binmişti. Dalgın dalgın giderken, sağ taraftaki sık ormanda bir kişneme duydular. Bir at kişnemesi... Derhal atlarını durdurdular.

Ömer, attan atlayarak gizlene gizlene yeşillikler arasına daldı. Gördüğü manzara oldukça ilgi çekiciydi. Yerde biri yatıyordu. Beyaz ipek gömleğinin sol tarafı, akan kandan kıpkırmızı olmuştu. Atı da, başucunda durmuş, yardım ister gözlerle yola bakıp kişniyordu.

Ömer, Sungur'la Sita'ya seslendi. Bir tehlike olmadığını söyledikten sonra yaralının yanına koştu. Yaralıyı çevirince bunun on sekiz yirmi yaşlarında bir delikanlı olduğunu gördü. Esmer renginden bir Hintli olduğu anlaşılıyordu.

Ömer, yaralının başını sağ elinin üstüne alarak hafifçe kaldırdı. Yaralı inleyerek gözlerini açtı. Halsiz bir sesle:

– Kimsiniz, diye mırıldandı.

– Müslümanız! Ya sen kimsin kardeş? Burada işin ne?

– Ben... Ben... ben de Müslümanım. Kardeşlerim, bırakmayın beni burada! Öldürmek istediler beni...

Yaralı sözlerini bitiremeden kendinden geçti.

Ömer, yaralının gömleğini açtı. Göğüste, kalbe çok yakın bir yerde, hâlâ kanamakta olan geniş bir yara vardı. Atından inerek, yaralının başucuna gelmiş olan Sungur'a bakarak sordu:

– Önce bu kanı durdurmak lâzım; ama nasıl?

– Merak etme! Sen, ilâç çantamızı getir!

Ömer, yaralının başını yavaşça yere koydu. Sonra, koşup çantayı alarak geldi.

Su kabındaki suyla ıslattıkları bir bezle, yaranın kenarındaki kanları sildiler. Sungur, becerikli ellerle uzun uğraşmadan sonra; kanı dindirdi. Daha sonra da, yeşil renkli bir merhemi sürerek yarayı sardı. Ömer de, bu tedavide yardımcı oldu.

Yaralı, kendinde değildi. Ara sıra sayıklıyor; dişleri takırdıyordu. Onu, rahatça yatırdıktan sonra, Sungur, Ömer'e:

– Başından önemli olaylar geçmiş olsa gerek, dedi.... Onu bu durumda bırakamayız.

O zamana kadar, uzaktan yaralının tedavisini seyretmiş olan; Sita, seslendi:

– Gitmeyecek miyiz? Beni götürmeyecek misiniz?

Ömer, yaralıyı işaret etti:

– Onu bu durumda nasıl götürebiliriz? Ufacık bir sallantıda yarası açılıverir.

– Öyle ise, onu burada bırakın; adam gönderir aldırırız. Onun için, yolumuzdan mı kalacağız?

– Nasıl bırakılır? Kurda kuşa yem olur sonra. Onu, bu durumda bırakmak insanlığa sığar mı? Gönlün kabul eder mi bunu?

– Görmeseydiniz burada tek başına kalmayacak mıydı? Buradan geçmediğimizi düşünelim.

– O başka! Yardıma muhtaç bir halde gördükten sonra da, bırakacak değiliz ya! Kim olursa olsun onu bu durumda bırakamayız.

Sungur, Türkçe mırıldandı:

– Şuna bak! Göğsündeki kalp değil de taş parçası sanki!

Sonra, Hint diliyle devam etti:

–Bizlerden bir yaralıyı ölüme terk etmemizi nasıl istersin. Sen istesen de istemesen de, yaralı kardeşimiz kendini toplayıncaya kadar burada kalacağız... İşte bu kadar.

Sungur'un kesin konuşması karşısında, itirazın boşuna olacağını anlayan Sita, omuzlarını silkti. Ses çıkarmadı.

Ömer'le Sungur ormanın içerisinde, yaralıyı yatırarak, tedavi edebilecekleri uygun bir yer buldular. Yaralıyı, sarsmadan oraya taşıdılar. Ateşler içinde kıvranan yaralının başucunda nöbetleşe beklediler. Sabaha karşı nöbeti devralan Ömer, yorgunluktan bir ara kendinden geçti.

Uyandıklarında, güneş yükselmiş, orman canlanmıştı. Sita, yattığı yerde yoktu. Telâşla atların tarafına baktılar. Kendi atları duruyordu, ama yaralının atı yoktu. Sita, o atla kaçmıştı. Sungur, börkünü geriye iterek başını kaşıdı:

– Çattık mı şimdi belâya? Acaba ne yapmalı? Ya, bu kız adamlarına bizi yakalatırsa?

– Sanmam... Vahşi bir hayvan bile kendisine yapılan iyiliği unutmaz.

– Anlayamadın mı beyim! Bu kız vahşi hayvandan bile kalpsiz. Allah, böylesine düşürmesin insanı. Davranışlarını görmedin mi? Kız dediğin merhametli, ince ve zarif olmalı... Bizim kızlarımız gibi.

– Ama kırık hançer? Bu kız sayesinde yerini öğrenecektik!

– Merak etme! Allah yardımcımızdır! Şimdi yaralının durumuna bakalım.

Hintli genç uyanmış, tatlı tatlı tebessüm ediyordu. Esmer çehresinde, aralık dudakları arasındaki dişleri bembeyaz gözüküyordu. Ömer yaklaştı. Elini alnına koydu. Ateşi düşmüştü. İki genç dostça gülümsediler. Ömer sordu:

– Nasıl oldun kardeş?

– Allah'a hamdolsun iyiyim. Kimsiniz kardeşlerim? Allah'ın karşıma çıkardığı bu iyi insanları tanımaktan şeref duyacağım.

– Benim adım Ömer! Bu da, Sungur! Ya sen kimsin? Başından oldukça tehlikeli olaylar geçmiş olsa gerek. Ama dur! Acele etmeyelim. Kendini toplayınca anlatırsın.

Hintli genç, gülümsedi:

Benim adım Osman Ali. Çok şükür iyiceyim! İlâçlarınız iyi geldi galiba. Sonra başından geçenleri anlatmaya başladı.

Ben, Kanev şehrinden bir brahmanın oğluyum. Biz birkaç arkadaşımla İslamiyeti kabul ettik. Bu yüzden, babalarımız bizi hapse attırdı. İslamiyet'ten vazgeçmemiz için işkencelere uğratıldık. Uzun hikâye... İki üç ay hapisten sonra kaçmayı başardık. Ama peşimize düşen muhafızlar uzun bir takipten sonra bizi yakaladılar. Arkadaşım öldürüldü. Ben yaralı bir halde kaçtım. Gözlerimi de sizin ellerinizde açtım. Sonrasını da siz biliyorsunuz!

Sungur ellerini ovuşturdu.

– Osman Ali kardeşimizi açlıktan öldüreceğiz be! Ben gidip de yiyecek bir şeyler bulayım. Beyim, siz oturun ben etrafı bir araştırayım.

Biraz sonra gelen Sungur, ormanın içinden bir dere geçtiğini, Osman Ali iyileşinceye kadar orada kalmalarının uygun olacağını söyledi. Derhal kopardıkları ağaç dallarının arasına, sarmaşıklar gererek, bir sedye yaptılar. Osman Ali'yi içine koyarak, sarsmadan, Sungur'un bulduğu yere götürdüler.

Ömer, Sungur'un sırtına vurarak:

– Yaşa be koca şişko, dedi. Doğrusu canının kıymetini biliyorsun. Cennet gibi bir yer burası!

Keyfinden bıyıklarını buran Sungur:

– Ne demezsin beyim! Bizim yaralı, dört, beş günde iyileşmezse bana ne dersen de, dedi.

– İnşallah!

– Dahası da var beyim!

– Neymiş o?

– Sen de, bir hafta burada kalacak olursan şişkolukta beni geçeceksin. İstersen iddiasına bile tutuşurum seninle!

– Ne yazık ki, senin gibi şişko olduğumu görmek zevkine erişemeyeceksin sevgili oburum!

– Neden?

– Çünkü benim gitmem lâzım. Kırık hançeri muhakkak ele geçirmem veya yok etmem gerek.

– Ya ben?

– Senin burada kalman lâzım... Yaralıyı da götüremeyiz ya.

– Ne büyük aksilik beyim!

– Bunda da bir hayır vardır Sungur! Ben bir an önce gitmeliyim. Kasırga burada kalsın. Bu elbiseleri,

Gazneli Mahmut'un fermanını da burada bırakacağım. Getirdiğim Hindu elbisesini giyeceğim. Sen beni burada beklersin. Burada, Osman Ali de iyileşir.

– Ama beyim, dönüşte bizi nasıl bulacaksınız?

– Şu karşıki tepelere göre... Şu iki tepe var ya. İşte onlara göre. Yerinizi onlara göre bulurum. Merak etme! Yeter ki geri dönebileyim.

Sungur güldü:

– Sizi tanımayan bir kimse gibi konuştum beyim!

Ömer de güldü. Sungur'un sırtını okşadı:

– Osman Ali iyileşse de bir yere ayrılmayın. Bir buçuk, iki ay kadar beklersin. İki ayı geçerse, bil ki benden hayır yok. O zaman bekleme beni gayri...

Ömer, bir çalının arkasına giderek, yanında getirdiği elbiseleri giydi. Üstünden çıkardıklarını da eşyalarının arasına yerleştirdi. Orada bıraktı. Sungur'la, sarılarak vedalaştılar. Az sonra, ağaçların arasında kayboldu.

Onuncu Bölüm

Uzak Ülkelerden Gelen Yabancı

Ömer, şehrin dar çarşısında ilerliyordu. O bölgede rastlanan seyyahlar gibi giyinmişti. Dükkânların dışına taşmış toprak testiler, kâseler ve tabaklar, yürümeyi güçleştiriyordu. Sebze satıcıları, yolun iki yanına yayılmışlardı.

Bazı dükkânlarda da, çeşitli bakır eşyalar, bazılarında, mavi beyaz renkli Çin porselenleri, cam eşyalar göz alıyordu. Rafları Hint ipeklileri, Suriye işi atlaslar, köpük gibi danteller ve çeşitli kıymetli kumaşlarla dolu dükkânlar, girip çıkan alıcılarla doluydu.

Burunları okşayan misk ve amber kokuları yayılan dükkânların raflarına yerleştirilmiş kavanozlarda, çeşitli kokular, ilâçlar ve baharatlar vardı.

Çarşının uğultusu her yanı kaplamıştı. Ömer, çarşıyı dolduran bu kalabalık arasında kendisine bir yol bulmaya çalışıyordu. Bu ilerleyiş sırasında, meyve ve sebze satıcılarını dikkatle, kimseye fark ettirmeden inceliyordu.

Nihayet, muz, hindistan cevizi, kavun ve karpuz dolu bir serginin önüne gelince durdu. Satıcı, orta boylu, çember sakallı bir adamdı.

Boynundan bir madalyon sarkıyordu. Ömer, malları seyrediyormuş gibi yaparak, adamın göğsündeki madalyona baktı.

Evet... Bu madalyon kendisine gösterilmiş madalyonun bir eşiydi.

Ama adam... Adamda gözünü tutmayan bir şey vardı. Adamın yüzünden hainlik akıyordu. Fark ettirmeden daha iyi inceledi. Hayır, hayır... Bu adam buluşacağı Hintli Müslüman olamazdı. Ama madalyon? Madalyonu nasıl ele geçirmiş olabilirdi... Hem de, kendisine tarif edilen bu yerde? Biraz düşündü... Durum muhakemesi yaptı. Evet, buluşacağı adam değildi bu... Adam sen deee... Hindular da boş durmuyorlardı ya...

O esnada bir elin maşlahının ucundan çektiğini fark etti. İrkilerek başını çevirdi. Omzunun üstüne ipekli şallar atmış, yaşlı bir satıcı gördü. Göğsüne kadar inen beyaz sakalları vardı...

– Ey uzak ülkelerde yetişen çiçeklerin kokuları hâlâ elbiselerinden uçmamış yiğit! Yavukluna yahut eşine götürmek için bir şey istemez misin?

Satıcı, ona, elinde tuttuğu bir Hint şalını uzatıyordu. Ömer, bir anda, adamın yüzünü inceledi. Göz göze geldiler. Bu adamda madalyon yoktu ama yüzü bir Hindu yüzü değildi.

Ömer cevap verdi:

– Geldiğim yer, o kadar uzak ki, ne çiçek kokusu kaldı; ne de, o beldenin havası!

– Olsun ne çıkar? Sen gelmişsin ya!

Evet... adam parolayı söylemişti.

Adam gözlerini Ömer'in gözlerinden ayırmadan:

– Eğer bu şalı beğenmediyseniz, diğer çeşitlerimizi de gösterebilirim, dedi. Yalnız, malların bulunduğu yere kadar zahmet edeceksiniz.

Ömer etrafına bakındı. Sonra, karar vererek satıcının peşine takıldı. Kalabalık sokakta yürümek güç oluyordu. Ömer, önündeki satıcıyı kaybetmemek için, onun omzundaki şallara dikkatini vermiş, gidiyordu. Nihayet kalabalıktan sıyrıldılar.

Ara sokaklardan birine saptılar. Geldikleri yolu tetkik eden adam, kapısında tunçtan bir topuz bulunan evin tokmağını birkaç defa çaldı.

Az bir zaman sonra kapı açıldı. Satıcı, Ömer'i buyur etti. İhtiyatı elden bırakmayan Ömer, adamın önden yürümesi için işaret etti. Satıcı gülümsedi. İçeri girdi. Ömer de peşinden...

Kapıdan girdikten sonra biraz yürüdüler. Üst kata ulaştıran merdivenleri de aşınca, bir kapının önüne vardılar. Satıcı kapıyı açtı. İçeri girdiler. Burası geniş bir odaydı.

Satıcı, gelen kısa boylu ama güçlü kuvvetli olduğu anlaşılan birine, omzundaki şalları uzattı. Kendisini arayan olup olmadığını sordu. Onunla biraz konuştuktan sonra, Ömer'e döndü. Karşıki sediri göstererek oturmasını rica etti. Ömer, teşekkür ederek oturduktan sonra, adam konuşmaya başladı:

– Sizi dört, beş günden beri bekliyorduk. Buluşacağınız arkadaşı Hindular yakalamışlar. Çok şükür ki, o arkadaş çeşitli işkencelere uğradığı halde, bizi ele vermedi. Yalnız, Hindular, Gazne'den gelecek fedaîden haberdar olmuşlar. Seni yakalamak için ne zamandır bekliyorlar. Biz de senin yakalanacağın korkusu içindeydik. Ben bu yüzden devamlı o civarda dolaşıyor, Gazne'den gelecek fedaîyi bekliyordum. Çok şükür ki buluşabildik.

Ömer ona cevap verecekti ki, birden kapı şiddetle açıldı. Az önceki kısa boylu adam içeri girerek:

– Hindular! Evi çevirmişler, diye haykırdı.

Ömer'le konuşan yaşlı adam, duvarda asılı olan bir kılıca doğru koşarken Ömer'e bağırdı.

– Senin ele geçmemen lâzım... Sana bir şey olursa bütün emeklerimize yazık olur. Duvarı aştıktan sonra kurtulabilirsin. Ben onlarla dövüşeceğim.

Ömer:

– Olmaz öyle şey, dedi. Ben de dövüşeceğim.

Yaşlı adam, emreder bir tonla:

– Sana söyleneni yap, dedi. Bunu, davamız için yapacaksın. Böyle bir durumda, bir iki kişinin kaybı önemli değil... Senin kırık hançeri ele geçirmen veya yok etmen binlerce gazinin hayatını kurtaracaktır...

O anda evin içi bağrışmalar ve kılıç sesleriyle doldu. Gürültü gittikçe yaklaşıyordu. Ömer fazla vakit kaybetmedi, pencereyi açtı avluya atladı. Ama avluda birdenbire ortaya çıkan on beş Hinduyla burun buruna geldi. Subayları olduğu anlaşılan biri:

– Kaçamazsın Gazneli... Teslim ol, diye bağırdı.

Ömer, etrafındaki çemberi gittikçe daraltan askerlere bakarak, kurtuluş çaresi araştırdı. Sonra da:

– Gel de al, diye kükredi.

Bu kadar kısa zamanda ne yapmak gerektiğini düşünmüş ve kararını da vermişti. Birden zıpladı. Karşısındaki Hindu eri, ne olduğunu anlayamadan, adamın omzuna basarak duvarın üstüne sıçradı. Hindular şaşırdılar. Hayret dolu sesler yükseldi:

– Siva'nın kolları! Bu ne zıplayış...

– Kedi kadar çevikmiş uğursuz!

– Uçtu adeta! Kanatlı mı ne?

– Vuralım! Yaşatmayalım!

Bu konuşmalar olurken Ömer, duvarın üstünde koşmaya başladı. Yandaki avluya atlamak en çıkar yoldu. O da öyle yaptı. Ama birden etrafının çevrildiğini gördü. Hindular tedbirli davranmış, her tarafı askerle tutmuşlardı.

Ömer, belindeki hançeri çekti. Üzerine savrulan bir kılıcı çelerken attığı bir tekme ile karşısındaki Hindu'yu duvara fırlattı. Başka birinin kılıç darbesinden kurtulurken, hançerini adamın göğsüne sapladı.

Ömer, geride kalmış olan sekiz askerin arasında hopluyor, vuruyor, koşuyor, hançerini şimşek gibi savuruyordu. İki Hindu daha devrildiği sırada, avluya başka Hindu askerler doldu.

Ömer, hepsiyle baş edemeyeceğini anlayarak birden koştu. Kendisine kılıçla koşan erlerin üzerinden zıplayarak bir evin damına atladı. Yeni gelen bu askerler de şaşırmışlardı.

– Siva hakkı için uçuyor bu!

– Uçsa da elimizden kurtulamaz!

– Yakalarsam kanını içerim.

– Desteksiz atma! Gaznelilerin hepsi böyle ise yandık.

– Hadi be ahmak! Buraya gönderdikleri onların seçme yiğitleridir!

– Hepsi böyleymiş, hepsi böyle! Nandana'da oturan bir akrabamız söylemişti. Gaznelilerin karşısında durmak mümkün değilmiş.

– Onu bir yakalasaydım da, önünde durmak mümkün mü, değil mi anlardın!

– Hı! Yerde yatan erlerimizden farkın kalır mıydı onu bilemem ya!

O sırada Ömer, damın üstünde koşmaya başlamıştı. Ama karşı dama çıkan bir Hindu askerin savurduğu topuzu göremedi. Havada vınlayarak uçan topuz, Ömer'in başına rastladı. Ömer, yıldırım çarpmışçasına dizlerinin üzerine çöktü; sonra da yere yıkıldı...

Gözlerini, duvarlarından sular akan, rutubetli korkunç bir salonda açtı. Kalkmak istedi. Ellerinin ve ayaklarının yattığı yere bağlı olduğunu fark etti. O anda üzerine eğilen, kocaman ve sakallı bir yüz gördü. Kulaklarında küpeler sallanan vahşi suratlı bu adam bağırdı:

– Uyandın mı it oğlu! Söyle bakalım, buraya niye geldin? Kırık hançer için değil mi?

Ömer, anlamazdan geldi.

– Ne kırık hançeri? Ne demek istiyorsunuz?

– Anlamazdan gelme. Yakalanan arkadaşlarının yılanlı kuyuda iskeletlerinden başka bir şeyi kalmadı. Gazneli Mahmut'un fedaîlerinden olduğunu biliyoruz. Gazneli Mahmut nereye sefer yapacak? Söyle! Seni serbest bırakırım.

– Gazneli Mahmut mu? Benim onunla ne ilgim olabilir ki?

Adam, Ömer'e şiddetli bir tokat attı:

– Anlamazdan gelme it oğlu! Dişlerini dökerim senin. Gazneli Mahmut'un gideceği yeri söyle! Güzellikle söylemezsen söyletecek öyle usullerim var ki... Denediğine pişman olursun. Ben... Catların Başkomutanı Beci, öyle yalanları yutmam.

– Peki! Gazneli Mahmut'un gideceği yerden size ne?

– Bize mi ne? Ona öyle bir şey hediye edeceğiz ki, hayatı boyunca unutamayacak. Kırık hançeri savaşacağı Hintli kardeşlerimize göndereceğiz. Gazne ordusunu ekin biçer gibi biçsinler...

Ömer, adamın yüzüne, ağzına dolmuş olan kanı tükürdü:

– Bilmiyorum, dedi.

Beci, yüzüne gelen tükürük üzerine çılgına döndü. Ömer'i büyük bir hırsla yumruklamaya başladı.

Hırsını alan Beci, Ömer'i yumruklamayı keserek haykırdı:

– Ben biliyorum Gazneli! Ben biliyorum! Beci'nin haber alma kaynakları çoktur. Sümenat'a gidiyor değil mi? Böyle haber aldım. Ama inanamıyorum. Çünkü hiç bir ordunun Tar Çölü'nü aşmasına imkân yok. Şimdiye kadar görülmemiş bunun emsali...

Ömer'in içinden haykırmak geldi:

– Budala Hindu! Karşında Gazneli Mahmut ve Müslüman-Türk gazileri var. Sen inansan da inanmasan da, Allah'ın izni ile geçecekler bu çölü...

Ömer, üzerine eğilmiş Beci'nin kara yüzünü ve akları çıkmış fal taşı gibi açılmış gözlerinden başka bir şey görmüyordu. Dişlerini sıktı.

– Bilmiyorum dedim ya! Sen yine haber alma kaynaklarına başvur! Ağzımdan bir tek kelime alamazsın.

– Sen bilirsin! Yanımda gördüğün şu üç cellât, dilsizleri bile konuşturmasını bilirler... Söylemesi benden... Susmakta devam edersen, yediğin dayaktan sonra yılanlı kuyuya da atılacağını bil.

Ömer bir kahkaha attı. Gözlerinin önünden Beci'nin yüzü kaybolurken göğsüne, ayaklarına kırbaçlar inmeye başladı. Bu da yetmezmiş gibi, kolları ve ayakları çözüldü. Sırt üstü çevrilerek, sırtı, ucu kurşunlu kırbaçla dövülmeye başladı.

Az sonra derisi yırtılan sırtından fışkıran kanlar vücuduna yayılmıştı. Öleceğini ve az sonra yılanlı kuyuya atılacağını anladı. Sırtına inen kırbaçlardan artık acı duymuyordu. Vücudu acıya alışmıştı.

Beci, eli ile cellâdı durdurduktan sonra, Ömer'in saçlarını yakaladı:

– Söyle Gazneli it! Gazneli Mahmut'un nereye gittiğini söylersen bu işkence bitecek. Boşuna kendini öldürtme... Eğer söyleyecek olursan, ne istersen verebiliriz. Kız mı? Mücevher mi? Evler mi? Çiftlikler mi? Hepsi senin olabilir. Budalalık etme de söyle! Siva'nın adına yemin ederim ki, seni zengin ederim.

Ömer, gözlerini güçlükle aralayarak ona baktı. Gülümsemeye çalışarak, kanlı dudaklarının arasından odayı dolduran bir güçle fısıldadı.

– Lâ ilâhe illâllah.

Önce bir şaşkınlık oldu. Herkes sustu. Sadece, ateşi parlatan körüğün sesi duyuluyordu.

Aniden bir çılgınlık nöbetine kapılan Beci, cellâdın elindeki kırbacı kaparak, bütün gücü ile Ömer'e indirirken bağırdı:

– Vurun! Vurun! Acımadan vurun Gazne itine! Siva'nın adına yemin ederim ki, o sağ çıkmayacaktır buradan.

Cellâtlardan biri, ateşte kıpkızıl hale gelmiş demiri, Ömer'e vurmak için kaptı. Ömer, kelime-i şehadet getirdi. Tam o anda, işkence odasının kapısı, ardına kadar açıldı, eşikte beyazlı bir kadın:

– Durun, diye haykırdı.

Beci ve cellâtlar, sesin geldiği yöne döndüler. Beci, elinden avı alınmış bir sırtlan gibi huysuz bir tavırla haykırdı.

– Niçin?

– Bu şekilde bir şey öğrenemezsiniz de ondan! Görmüyor musunuz ölmek üzere? Lütfen, onu derhal buradan çıkarınız. Yukarıdaki pembe odaya götürünüz. Bir hekim de gelsin!

Beci bir an tereddüt etti. Ama karşısındaki kadın daha sert bir sesle:

– Dediklerimi duymadınız mı, deyince, adamlara bir işaret yaptı.

Odadakiler, Ömer'in kollarından ve ayaklarından tutarak kaldırdılar. Yürümeye başlayan kadını takip etmeye başladılar. Zindandan çıkıp bir koridordan geçtiler. Koridorun sonundaki merdivenlerden çıkarak, sarayın bir salonuna girdiler.

Geniş bir kapıdan geçtikten sonra, karşılarına çıkan mermer basamakları aştılar. Salonlarda kapıların önlerinde muhafızlar dolaşıyordu.

Nihayet, kadının açtığı bir kapıdan içeri girdiler. Halılarla döşenmiş bol ışıklı bu odada, Ömer'i bir sedirin üzerine uzattılar. O sırada, soluk soluğa hekim de içeri girdi.

Bu, değnek gibi zayıf, açık gömleğinin arasında göğüs kemikleri belli olan bir adamdı. Elinde de ilâç çantası vardı. Ömer'in elbiselerini çıkardı. Yaralarına baktı. Sonra, çantasını açarak, getirdiği merhemlerden bol bol sürdü. Kadına dönerek:

– Bünyesi çok kuvvetli! Demir gibi! Bunca yıl hekimlik yaptım böyle vücut görmedim. Yakında ayağa kalkar, dedi.

Sonra, kadının bir işareti ile dışarı çıktı.

On Birinci Bölüm

Güzel Hint çiçeği

Ömer kendinden geçmiş, sayıklayıp duruyordu. Kadın, onun başucuna geçip, saçlarını okşadı. Elindeki mendille, Ömer'in terli alnını sildi.

Genç ve güzel kız, ara sıra başını kaldırarak inleyen Ömer'e endişeli endişeli bakıyordu.

İki gün sonra Ömer gözlerini açtığı zaman, önünde, mumla birisinin durduğunu gördü. Ömer dikkatle baktı. Üstüne eğilip ilâç süren genç ve güzel kızla göz göze geldi. Kız, sevgi ve şefkatle gülümsedi. Ömer:

– Sita, diye fısıldadı.

Kız elini onun dudakları üstüne koyarak susturdu.

– Konuşma Ömer! Çok kuvvetsiz ve halsiz kaldın!

Ömer, tebessüm eden Sita'ya gülümsedi. Yine kendinden geçti.

Gözlerini tekrar açtığında Sita'yı yine başucunda buldu.

– Karnım çok aç, dedi.

– Peki Ömer! Yalnız, önce süt içmen lâzım. Çünkü üç gündür bir şey yemedin.

– Üç gün mü? O kadar oldu mu?

– Tabii ya! Ölü gibiydin! O kadar korktum ki!

– Çok uzun bir zaman geçmiş. Hayret... Hayatımı kurtardın Sita! Sana teşekkür ederim.

–Ödeşmiş olduk. Benim seni kurtarışım, seninki gibi kendimi tehlikeye atarak da olmadı. Biraz bekle de sütünü getireyim.

Sita, kocaman bir kâse dolusu sütü Ömer'e içirdi. Ömer canlandı. Yerinde doğruldu. Kalkmak istedi. Sita, onu önledi.

– Hemen kalkma! Biraz kendini toparla.

– Ama kalkmak lâzım! Biraz yiyecek de yiyebilirim.

– Bir miktar yiyecek getirebilirim. Ama kalkmanı istemiyorum.

Sita, hizmetçisine yiyecek getirtti. Ömer, önüne konan etli yemeği yerken, Sita'ya baktı. İki genç, tatlı tatlı birbirlerine gülümsediler.

Sita sordu:

– Buraya niye geldin Ömer? Şayet senden bahsedildiğini duymasaydım, belki de şimdi ölmüş olacaktın.

Ömer Sita'nın gözlerinin içine baktı.

– Sana açıkça söyleyeceğim Sita! Onun için, yani kırık hançer için geldim!

Sita bir çığlık attı:

– Niye yaptın bunu Ömer? İmkânsız bir şey peşinde koşuyorsun. Daha önce söylemiştim. Onun peşinde olanların kemikleri yılanlı kuyuyu doldurmak üzere... Kırık hançerin nasıl muhafaza edildiğini bilsen bu tehlikeye atılmazdın.

– Benim görevim bu Sita! Onu ya ele geçirmem; ya da yok etmem lâzım.

– Ömer! Ah Ömer! Belki ben sana hak veririm. Ama babam, Beci ve diğer Hindular? Parça parça ederler seni. Ne olur vazgeç bu işten.

– Allah'tan başka kimseden korkum yok Sita! Zaten korksaydım gelmezdim buraya.

– Ama çok keskin bir kılıcın üstünde yürüyorsun.

– Zaten hayat öyle değil midir Sita?

Sita içini çekti:

– Ben, babamdan, senin ağzından lâf alacağımı söyleyerek seni buraya getirdim.

– Baban buna nasıl izin verdi?

– Babama beni kurtardığını anlatmıştım. Onun için beni kırmadı. Sonra senin işkenceye boyun eğmeyecek biri olduğunu anlamışlar. Benim vasıtamla, senden söz alacaklarını zannediyorlar.

– İyi olsan bile hemen ayağa kalkma. Kendini iyice toparla. Bir fırsatını bulur, kaçırırım seni. Bu arada, onları da oyalarım.

Ömer cevap vermedi. Tebessüm etmekle yetindi. O, kırık hançer meselesini halletmeden gitmemeye kararlıydı…

On İkinci Bölüm

Kırık Hançer

Ömer, gittikçe kendini topluyordu. Bulunduğu odada kırık hançeri nasıl ele geçireceğini düşünüyordu.

Ömer'in kendini tamamen toplamasından bir gün sonra, Sita, babası tarafından çağrılmıştı. Hizmetçi kız da yoktu. Ömer odada yalnızdı. Dışarıda, rüzgârın uğuldayışını dinliyor ve düşünüyordu. Sita içeri girdi. İlerledi ve Ömer'in yanına gitti:

– Kırık hançerin ele geçirilmez olduğunu anlarsan, onu ele geçirmek fikrinden vazgeçer misin, dedi. Ömer, şaşırdı. Ama kendini çabuk toparladı:

– Bilmem ki! Durumu gözden geçirmem lâzım.

– Öyle ise hazırlan! Bu akşam seni başka dinden olanların görmediği ve girmediği bir yere götüreceğim!

– Kırık hançeri de görecek miyim?

– Tabii! Bir savaşa gitmeden önce, kırık hançeri, bir kızın kanı ile yıkamak âdettir. Gazneli Mahmut'un Sümenat üzerine sefer yaptığını artık kesin olarak anlamışlar. Hançeri, onunla yani Mahmut'la savaşacak Hindulara gönderecekler. Bu yüzden Hançer, bir ayinle bulunduğu yerden çıkarılacak ve bakire bir kızın kanıyla yıkandıktan sonra yola çıkarılacak. Şimdi benim bazı işlerim var. Babamın yanında bulunmam lâzım. Akşama seni almaya gelirim.

Sita, bunu söyledikten sonra çıktı. Zaman bir türlü geçmek bilmiyordu. Hava karardıktan sonra kapı açıldı. Sita içeri girdi. Elinde, bir de pelerin vardı. Bunu Ömer'e uzatıp, giymesini söyledi. Ömer, pelerini giydi. Sita, artık gidebileceklerini söyledi. Kapıdan çıktılar. Sarayın koridorlarında yürümeye başladılar. Muhafızlar Sita'yı gördükçe hazır ol vaziyetine geçiyordu.

Sita, bronz bir kapının önünde durdu. Üç defa tıkladı. Üçüncü vuruşta kapı aralandı. Başını dışarı uzatan, iri yarı bir adam:

– Kimsiniz, diye sordu.

Sita'yı görür görmez cevap beklemeden eğildi. Girmeleri için, eli ile işaret etti. Sita önde, Ömer arkada içeri girdiler. Adam ellerini birbirine sürterek ve adeta ezilip büzülerek:

– Korkuyorum prensesim! Çok çılgınca hareket ettim. Teklifinizi kabul etmemeliydim. Öğrenecek olurlarsa beni parça parça ederler. Ne olur vazgeçelim bu işten, dedi.

Sita, sert bir tavırla:

– Korkacak bir şey yok! Al şu keseyi! Korkunu unutturur, dedi ve elindeki keseyi adama uzattı.

Adam keseyi kaptı. Ama endişesi geçmiş değildi. Biraz düşündü. Sonra, olan oldu der gibilerden kesin bir tavırla sağdaki duvarda gerili atlas perdeyi çekti. Perdenin arkasında, taştan bir kapı belirdi.

Ömer, nasıl olduğunu anlayamadan, taş kapının yavaş yavaş yukarı çıktığını gördü. Anlaşılan adam, bir yere dokunmuş olacaktı. Girdikleri oda, sarayın diğer odalarına benzemiyordu. Duvarları taştan olup, ışık alan bir yeri yoktu. Bir mumun aydınlattığı yarı karanlık bu odanın tabanı da taştandı. İçerisi çok rutubetliydi.

– Buradan bakacaksın! Ayini buradan takip edebilirsin. Benim, ayinde bulunmam lâzım. Sonra kapıdan çıktı.

Adam da, onun peşinden yürüdü. Ömer, yalnız kalmıştı. Merakla, sağ gözünü deliğe yaklaştırdı. Karşıda kocaman bir salon görülüyordu. Tavandan altın zincirlerle sarkan kandiller, etrafı aydınlatıyordu. Salonun duvarları mermerdendi. Sağ yöndeki duvarda üzeri kıymetli mücevher ve sırmalarla işlenmiş bir perde, bol kıvrımlarla yerlere kadar sarkıyordu.

Tavanı gayet yüksekti. Dört mermer sütun, tavanın ağırlığını taşıyordu. Ömer'in baktığı deliğin karşısındaki duvarın önüne, raks eder şekilde yapılmış, dört kollu ve dört ayaklı bir Siva mabudu vardı. Heykelin ayaklarının dibine çiçekler serpilmişti.

Ömer, olacakları merakla beklemeye başladı. O anda bir gonk sesi, titreşimler yaparak etrafa yayıldı. Arkasından, bir ilâhi sesi duyuldu.

Mabudun arkasındaki mermer duvar yavaş yavaş kımıldamaya başladı. Ömer, "Acaba yanlış mı görüyorum?" diyerek gözlerini ovuşturdu. Bu arada, mermer duvarda, iki insanın yan yana geçebileceği bir aralık meydana geldi. Açılan kısımdan, başını ustura ile kazımış ve ayin elbiseleri giymiş bir Hindu rahip girdi. Onun arkasından, ellerinde buhurdanlar tutan iki çocuk geliyordu.

Rahip, salonun ortasına kadar yürüdükten sonra durdu ve mabudun karşısına giderek diz çöktü. Çocuklar da, ellerindeki buhurdanları heykelin iki yanına koyarak, ellerini göğüslerinde birleştirip beklemeye başladılar.

İkinci bir gonk sesi duyulurken, önde Raca ve Sita olduğu halde, sırmalarla işlenmiş ipekli elbiseli altı adam içeri girdi. Bunlar da, mabut heykelini eğilerek selâmladıktan sonra, sol tarafa doğru yürüdüler. İki uşağın koşarak getirdikleri koltuklara oturdular.

Raca ve yanındaki adamlar yerlerine oturmuşlardı ki, tekrar bir gonk sesi duyuldu. Anında, başlarında çiçekler bulunan altı kız şarkı söyleyerek ve raks ederek kapıdan içeri süzüldüler. Ellerinde palmiyeler ve beyaz çiçekler bulunan kızlar o kadar kıvrak dans ediyorlardı ki...

O anda görünmeyen ellerin çaldığı dümbelek sesleri etrafı kapladı. Kızlar bu çalgının ahengine kendilerini kaptırmışlar, parmakları üstünde uçarmış gibi bir köşeden bir diğer köşeye süzülüyorlardı. Dümbelek sesi çabuklaştıkça hareketleri artıyor, ses hafifledikçe onlar da bu ahenge kendilerini bırakıyorlardı. Aniden ritim değişince, rüzgâr önünde kalmış yapraklar gibi, bir taraftan diğer tarafa savruluyorlardı. Kollarındaki bilezikler ve ayak bileklerindeki halkaların şıngırtısı, dümbelek seslerine karışıyordu. Kandillerden süzülen ışık arasında kızların bu dansları, Ömer'e gerçek dışı geliyordu. Kızlar bu şekilde bitmek bilmeyen dümbelek sesleri içinde, iki saat kadar dans ettiler. Önce, bir tanesinde yorgunluk belirdi. Ve az sonra sendelemeye başladı. Bu durum bir müddet devam ettikten sonra baygın olarak yere yıkıldı.

Bu rakkase, ceylan bakışlı, güzeldi. Yere yıkılması üzerine dümbelek sesleri anîden kesildi. Etrafa bir sessizlik çöktü. Elleri havada kalmış diğer kızlar, kollarını yavaş yavaş yere doğru bıraktılar.

Raca, oyuncu kız yere düştüğü anda ayağa kalkmıştı. Yanındakiler de onunla birlikte kalkmışlardı. Sita, babasının yanında duruyordu. Rahip yerdeki kıza yaklaştı, kızı yerden kaldırdı, iki adam da gelerek kızın kollarına girdiler. Yorgunluktan göğsü kalkıp inen kız, korkulu gözlerle Raca'ya ve Raca'nın yanındakilere baktı. Ve anîden bir çığlık atarak kaçmak istedi. Ama kuvvetli eller onu sıkı sıkı yakalamışlardı. Ağlayan ve kurtulmaya çalışan kızı Raca'nın önüne getirdiler.

Oyuncu kız diz çökerek, Raca'nın ayaklarına kapandı. Bir müddet ağlayıp inledikten sonra, yalvarmaya başladı:

– Beni öldürtmeyiniz kıymetli Racam! Ne olursunuz acıyınız bana! Yaşım daha on altı... Bakınız, benim yaşımda, sizin de kızınız var. Onu öldürseler dayanabilir misiniz? Oh kuvvetli efendim! Ne olur bana acıyınız!

Ömer, sinirden yumruklarını sıktı. Arada, kalın duvar olmasa belki de bu yalvarış karşısında dayanamaz ve içeriye girerek kızı kurtarmaya çalışırdı. Ama bunun imkânı olmadığı gibi, görevi de çok önemli idi. O esnada rahibin donuk ve insafsız sesi, salonda yankılar yaptı:

– Sus günahkâr mahlûk! Siva karşısında nasıl böyle konuşabilirsin? Sana böyle şeref bahşettiği için, ona teşekkür etmen lâzımken, böyle saçma sözleri nasıl söyleyebilirsin? Kırık hançer kan istiyor, kan! Senin gibi genç ve güzel bir kızın kanını... Sonra da düşmanlarımızda sıra...

Rahip bu sözlerden sonra, adamlardan birine bir işaret yaptı. Adam, mücevherler takılı perdeye doğru ilerledi. Perdeyi çekti. Fildişinden yapılmış küçücük bir çekmece ortaya çıktı. Adam, onu saygılı bir tavırla alarak, rahibe getirdi. Rahip de, aynı saygıyı göstererek, aldığı çekmeceyi, Raca'nın önüne getirilen bir sehpa üzerine koydu. Sonra, eğilerek açtı. Doğrulduğu zaman, elinde, gergedan boynuzu saplı, kırık bir hançer ışıldadı. Hançer elmas gibi ışıl ışıl parlıyordu.

Herkes gözlerini açmış, hayranlıkla hançere bakıyordu. Ömer, büyük bir merakla ve bütün dikkatini vererek, uzaktan bu hançeri görmeye çalışıyordu. Öldürülecek kız da, hançere büyülenmiş gibi bakıyordu. Aniden silkinerek, kendisini tutan ellerden sıyrıldı:

– Hayır! Hayır, diye haykırarak kapıya doğru koştu.

Rahip, elindeki hançeri kızın boyun hizasına doğru tuttu. Hançerden ışık gibi bir şey fışkırdı. Bu ışığın, bir çizgi halinde, kızın boynunda gezindiği görüldü. Acı bir çığlık atan kızın, boynundan kesilmiş başı yerde yuvarlanırken, gövdesi de taş mabudun ayaklarının ucuna sessizce devrildi; başı kopmuş bir güvercin gibi...

Rahip, hançeri hafifçe salladı. Kıza kadar uzanmış ışınlar, hançerin içine girerek kayboldu.

Ömer dehşetle irkildi. Bu ne inanılmaz bir manzara... Ne vahşilik. Hançerden fışkıran neydi? Nasıl, birdenbire kızın boynunu uçurmuştu? Bütün bu soruları Sita'dan sorup öğrenmeliydi...

Kırık hançer hakkında söylenenler, demek ki yalan değildi. Onu muhakkak yok etmesi gerekiyordu. Bu durumu gördükten sonra kararı daha da kesinleşti. Öleceğini bilse bile Allah'ın izni ile bunu yapacaktı.

Bu düşüncelerden, rahibin salonda yankılar yapan sesi ile sıyrıldı. Elindeki hançeri havaya kaldırmış olan rahip haykırıyordu:

– Ey kutsal hançer! Ey Siva'nın şimşeği! Seni kızların temiz kanlarıyla suladık. Şimdi Siva'nın düşmanlarında sıra... Onları biç! Üst üste yığılan ekinler gibi... Siva'nın düşmanı Gazneli Mahmut'a acıma! Onu ve erlerini ikiye biç! Oluk gibi Müslüman kanı akıt! Sıra sende! Sıra sende!

On Üçüncü Bölüm

Korkunç Kobra

Ömer, o anda bir gıcırtı duydu. Süratle geri döndü. Karanlığa alışmış gözlerle fark ettiği manzara, sırtından soğuk terlerin boşanmasına sebep oldu. Taş kapı süratle yere iniyordu. Koştu... Ama geçmesi ve kapının aşağıya inmesini durdurabilmesi, imkânsızdı. Taş kapı, yere bir karış kala durdu. Kapının inmesi ile oda, daha da karanlık olmuştu.

Kapının ardından Beci'nin kin dolu sesi duyuldu:

– Kutsal yere girdin ey yabancı! Öleceksin! Görmemen icap eden yeri gören gözlerin feri sönmelidir! İşte, ele geçirmek için can attığın kırık hançer! Gördün onu... Aranızda sadece bir duvar var... Al onu! Niye almıyorsun Gazneli fedaî!

Ömer, kapıya atıldı. Alttan tutarak yukarı kaldırmak istedi. İmkânsızdı.

Beci'nin, çakal ulumasına benzer sesi tekrar duyuldu:

– Çık yiğidim! Haydi çık! Ne duruyorsun? Çık da Sita'na kavuş! Senin kırık hançer peşinde dolaşan bir Gazneli olduğunu daha ilk başta anlamıştım. Sita sayesinde yılanlı kuyudan kurtulabildin. Ama yine de ölümün yılanla olacak. Kurtulmuş değilsin elimden.

Ömer, büyük bir hırsla haykırdı:

– Havlama uğursuz çakal! Sen ve senin gibiler, ancak böyle arkadan iş görürsünüz. Yiğitsen, karşıma çık da öyle konuş!

Dışarıdan bir kahkaha ve bir sepetin açılma sesi duyuldu. Ömer'in keskin kulakları, bir de tıslama fark etti. Ömer, dehşetle titredi. Beci, içeriye bir yılan salıyordu demek. Ama kendisini çabuk toparladı. Derhal, sırtındaki pelerini çıkardı. O sırada taş kapının altından, gözle ancak fark edilebilecek kadar çabuk, halat gibi uzun bir şey süzüldü.

Ömer, keskin gözlerini karanlıkta bir şey seçmek için bütün dikkatini gözlerine vermişti. Bu hayat memat meselesi idi. Dışarıdan Beci'nin sesi, tekrar duyuldu:

– Gazneli! Gazneli! Karanlıkta korkmayasın diye, yanına bir arkadaş saldım. Canın sıkılmaz. Onunla dertleşirsin. Sizi tanıştırayım. Bir kobra! Yılanların en zehirlisi ve en korkuncu!

Birden sesi kesildi. Dışarıdan çok az gelen ışık huzmesi de gelmez oldu. Anlaşılan taş kapı zemine inmişti.

Ömer'in, Beci'ye cevap vermek için ne zamanı vardı ve ne de dikkati... Şimdi o, içeriye süzülerek girmiş olan korkunç yılanın nerede olduğunu araştırıyordu. Yalnız gözleri karanlığı delmeye çalışmıyor, kulakları da en ufak bir hışırtıyı duyabilmek için tetikte bekliyordu.

Bir aralık hafif bir tıslama duydu. Derhal o yana döndü. Karanlıklar içinde, birbirine çok yakın mercimek büyüklüğünde iki parıltı gördü.

Yılanların en vahşisi, en zehirlisi olan kobra, saldırıya hazırlanıyordu. Nice defalar ölümle burun buruna gelmiş olan Ömer, soğuk soğuk terledi. Karanlıkta amansız bir düşmanla karşı karşıya bulunuyordu.

Ömer'in bütün endişesi, kırık hançeri yok edemeden, yani vazifesini yapmadan ölmekti. O anda, mercimek büyüklüğündeki iki parıltı bir o yana, bir bu yana sallanmaya başladı. Yılan atlamaya hazırlanıyordu.

Ömer, elindeki pelerini iki eliyle gerdi. Havada bir şeyin uçtuğunu hissetmesiyle birlikte, "Ya Allah" diyerek pelerinini yüzüne doğru kaldırdı. Bir çarpma hissettiği an, bezi sıktı. İçinde yumuşak ve kaygan bir cisim vardı. Yılanın boynunu yakalamaya çalıştı. Eğer elinden kaçıracak olursa, bu fırsatı bir daha eline geçiremezdi. Ufak bir beceriksizliğin bedelini de hayatıyla öderdi.

Onun için büyük bir soğukkanlılıkla hareket ediyordu. Hayvanın örtü altında yakaladığı boynunu, kerpeten gibi parmaklarıyla sıkmaya başladı. Sıktı... Sıktı... Sıktı... Bu arada yılan, kuyruğunu kamçı gibi şaklatıp duruyor, kurtulmaya çalışıyordu. Uzun bir boğuşmadan sonra, kuyruk titredi, titredi ve nihayet hareketsiz kaldı.

Ömer'in imanı, cesareti ve becerikliliği kobrayı haklamıştı. Hem, silâh kullanmadan ve karanlıkta...

Ömer, onun öldüğüne iyice inandıktan sonra, pelerini karanlıklar arasına fırlattı. Allah'a şükür etti. Sonra düşünmeye başladı. Buradan nasıl kurtulacaktı. Tekrar kapıya gidip yokladı. Açmanın imkânı yoktu. Değil bir kişi, kendisi gibi bin kişi bile zorlasa, bu kapı yerinden oynamazdı. Ama yine de uğraştı, uğraştı. Kan ter içinde kaldı.

Çok yorulmuştu. Bir köşeye çekildi. Ne yapacağını düşündü. Beci, acaba buraya girdiğini nasıl öğrenmişti? Sita kendisini aramayacak mıydı?

Beci işi bu derece ileri götürdüğüne göre, Sita'nın gelip kapıyı açmasına da imkân yoktu. Saray, gerekli tedbirleri almış olacaktı. Tekrar yerinden kalktı. Elleri ile duvarları yoklayarak bir çıkış yeri araştırdı. Ama böyle bir yer bulamadı. Zaten, açılmayan bu taş kapıdan başka bir çıkış yeri olsaydı, kapıyı kapatan Beci, o kadar emin konuşmazdı.

Gerek havanın ağırlığından ve gerekse bir çıkış yolu bulmak için sarf ettiği gayretten, uykusu da gelmişti. Elleri ile yoklayarak, bir köşeye gitti. Orada sırtını duvara yaslayarak uyudu.

On Dördüncü Bölüm

Gizli Çıkış

Uyandığı zaman, nerede olduğunu birden hatırlayamadı. "Neredeyim. Burada ne işim vardı?" diye düşündü. Sonraki olaylar aklına geldi. Sita'yla gelişi... Kırık hançer... Dans eden kızlar... Oyuncu kızın yalvarışları ve ölümü... Kırık hançerden fışkıran ışın... Beci'nin taş kapıyı kapatışı... Kobra ile mücadelesi...

Karşı köşeye baktı. Karanlığa alışan gözleri, köşedeki daha koyu karaltıyı, yılanı içinde öldürdüğü pelerini fark etti. Ayağa kalktı. Vücudu tutulmuştu. Ağrıyordu. Kollarını ve vücudunu hareket ettirerek eski canlılığına kavuştu. Karnı acıkmış ve susamıştı. Şimdi ne yapacaktı? Burada ölümünü mü bekleyecekti?

Böyle düşünürken, anîden kafasında bir şimşek çaktı: Nasıl oluyor da odanın havası bu kadar taze kalıyordu. Kapı kapalıydı. Işık dahi sızmıyordu. Kırık hançeri gözetlediği delik ise küçücüktü. Oradan da bir ışık sızmadığına göre, belki de tıkanmıştı. Tıkanmamış olsa bile oradan gelecek havanın ne kadar faydası olurdu ki?

Eğer odanın havası yenilenmeseydi, kapı kapandıktan kısa bir zaman sonra odanın, nefes alınamayacak bir hale gelmesi lâzımdı.

Etrafı araştırmaya başladı. Emekleyerek yerde dolaşıyor, havanın nereden geldiğini anlamaya çalışıyordu. Ama zaman geçtikçe, ümidi kırılır gibi oldu. Hava gelen bir yere rastlayamamıştı.

Artık araştırmayı bırakacağı sırada, yılanı boğup attığı pelerin aklına geldi. Oraya gitti. Pelerini kaldırdı. Pelerini aldığı yerde, belli belirsiz hava geldiğini hissetti. Evet... Evet, oradan belli belirsiz hava geliyordu.

Ama yine de, yanılıp yanılmadığını anlamak için, işaret parmağını ağzına sokarak ıslattı. Havanın geldiği yere tuttu. Evet, artık yanılması imkânsızdı. Oradan, az da olsa hava geliyordu.

Acaba aşağıda bir boşluk mu vardı? Hava oradan mı geliyordu? Ayağa kalkıp zıpladı. Sevinçten haykırmamak için kendini güç tuttu. Çünkü zıpladığı yerden, boşmuş gibi garip bir gürültü geliyordu.

Elleriyle, o kısmı yokladı. Eli, betona gömülmüş, demir bir halkaya gitti. Elleriyle biraz daha yoklayınca, beton bir kapak üzerinde bulunduğunu anladı. Kalbi, sevinçten deli gibi atıyordu.

Demir halkayı yukarı doğru çekmeye çalıştı. Demir halka sanki zemine yapışmıştı. Parmaklarının uçları kanadı. Belindeki hançer aklına geldi. Hançerini çıkardı. Hançerle, halkayı betondan ayırmak istedi uğraşırken, hançerin ucu kırıldı. Alnından su gibi terler akmaya başladı. Ama yılmadı. İki saat kadar uğraştı. Sonunda bir sevinç çığlığı kopardı. Halka kalkmıştı.

Acaba, taş kapağı kaldırabilecek miydi? Besmele çekerek asıldı. Ama taş kapak açılmadı. Tekrar bütün gücünü vererek çekti. Yine açılmadı. Terler yüzünden şıpır şıpır akarken, ayaklarını iki yana açıp kapağın halkasına bütün kuvvetiyle asıldı. Dişleri sıkılmış, adaleleri gerilmişti.

Dişlerini sıkarak tekrar asıldı... Asıldı... Kapak gıcırdadı...

Heyecanın ve sevincin verdiği kuvvetle bir daha asılış... Kapak gıcırdayarak kalkmaya başladı...

Ömer asılmaya devam etti, son bir gayretle asıldı ve taş kapak iyice kalkarak yana devrildi.

İçeri dolan ve insanı ferahlandıran hava... Küf kokusu ile karışıktı.

Ömer, dikkatle aşağıya baktı. Aşağıya inen taş bir merdiven gördü. Biraz düşündü ve sonra "Allah'ım yardım et" diyerek inmeye başladı. Basamaklar nemli ve kaygandı. İnerken bir kuyuya düşme ihtimali de vardı. Onun için, dikkatle iniyordu. Yirmi basamak sonra, toprak bir zemine bastı. Karanlığa alışan gözleri, dar bir koridorda olduğunu fark etti.

Acaba bu koridor nereye gidiyordu? Şimdiki durumdan daha kötü bir yer olamazdı ya? Yine yürümeye başladı.

Eliyle duvara tutunarak, ayaklarıyla yeri yoklayarak ağır ağır ilerliyordu.

Epeyce yürüdükten sonra birden, bir su şırıltısı duyar gibi oldu. Birkaç adım daha attı. Yüzüne bir serinlik çarpmıştı ki, kendini bir akarsuda buldu. Su oldukça derin ve akıntı da fazlaydı.

Ömer, önce suyun dibine gitmişti. Ayaklarını vurarak, su yüzüne çıktı. Kenara çıkmak istedi ise de, başaramadı. Kendini suyun akışına bıraktı.

Az sonra, koyu karanlığın açılır gibi olduğunu fark etti. Suya düşmüş bir saman çöpü gibi gidiyordu. Birden, genişçe bir delikten havaya fırladı ve tekrar suya düştü. O koyu karanlık iyice açılmıştı. Tertemiz bir hava, ciğerlerini doldurdu. Yeryüzüne çıkmıştı! Evet, yeryüzüne çıkmıştı! Su da, eski hızını ve derinliğini kaybetmişe benziyordu. Kıyıya doğru kulaç attı. Yakaladığı otlar sağlamdı. Kendini toprağa doğru çekti.

Sırtüstü uzandı. Yorgunluktan göğsü kalkıp iniyor, ayakları titriyordu. Gözlerini kapatarak, bütün ruhu ile Allah'a şükür etti. Derin derin nefes aldı. Gözlerini açtığında, gökyüzünde elmaslar gibi ışıldayan yıldızları zevkle seyretti.

– Allah'ım! Yüce Allah'ım! Az kalsın boğuluyordum. Yardımına sonsuz şükürler olsun, dedi.

Tekrar gözlerini yumarak, bu rahatlığın zevkini çıkardı. Yarım saat kadar, bu şekilde kaldı. Bu kadar zaman, dinlenmesine ve kendisini toparlamasına yetmişti.

Yerinde doğruldu. Dikkatle etrafına baktı. Sol tarafından, saray yükseliyordu. Demek ki sarayın bahçesindeydi. Bu büyük bir şanstı. Eğer, sarayın dışına çıksaydı, tekrar saraya girmesi çok güç olurdu.

Evet... Kırık hançeri bulup yok etmeliydi.

O esnada, kendisine doğru yaklaşan sesler duydu. Hemen yere yattı. Otlar onu kapatıyordu. Otların arasından sesin geldiği tarafa baktı. Elleri mızraklı iki nöbetçi, konuşarak dolaşıyordu. Ömer, otların arasında ses çıkarmadan beklemeye başladı.

Nöbetçiler onu görmeden üç, dört adım yakınından geçtiler. Ömer yavaşça doğruldu. Bahçede dolaşan nöbetçilere yakalanmaması lâzımdı.

Sine sine, Raca dairesinin duvarına koştu. Sita'nın odasında iken bahçeyi uzaktan iyice tanımış, nerede neyin olduğunu kafasına yerleştirmişti. Sarmaşıklara tutunarak yukarı tırmandı.

Gerçekten de demir gibi bir vücudu vardı. Yılanlı odada çektiklerinden ve taş kapağı kaldırmak için sarf ettiği gayretten sonra, başka birisi, belki yerinden bile kıpırdayamazdı. Ama Ömer, yarım saatlik bir dinlenmeden sonra kendini toparlamış, bir anda yukarı tırmanmıştı. Açık bulduğu bir pencereden de, içeri daldı.

Oda boştu. Hemen aramaya başladı. Acaba, kırık hançerin bulunduğu çekmece burada mıydı? İnsan bir şey aradı mı, onun her an karşısına çıkacağını zanneder. Odada fildişi çekmece yoktu. Ömer, kendi kendine gülümsedi. O kadar değer verdikleri kırık hançeri, böyle penceresi açık bir odaya bırakırlar mıydı? Ne tuhaf şeyler düşünüyordu.

Odanın kapısını yavaşça açarak, dışarı süzüldü. Bir salona girmişti. İki kocaman mumun aydınlattığı bu yer, bir yemek salonuydu. Masanın üstünde porselen bir tabakta, pişmiş iki tavuk, sanki onu çağırıyordu. Diğer kocaman bir porselen kapta da, kesilmiş kavun, soyulmuş muzlar ve buğulu üzümler gülümsemekteydi.

Çok acıkmış olan Ömer bu baştan çıkaran çağırışlara daha fazla dayanamazdı. Tavuklardan birini alıp ısırırken, bir ayak sesi duydu. Tavuğu sol eline aldı. Sağ eli ile de iki kocaman salkım üzüm, dört muz kavradı. O anda içeri şişman bir aşçı girdi. Ömer'le karşılaşınca bir çığlık attı. Canavar görmüş bir çocuk gibi, bağıra bağıra kaçmaya başladı.

Ömer, "Allah kahretsin! Her şey berbat olacak!" diyerek, açık kapıdan fırladı.

Az sonra mızrak, kılıç şakırtıları ve koşuşmalar duyuldu. Telâşla etrafına bakan Ömer, açık bir kapı gördü. Oraya daldı. Burası bir balkondu. Aşağıda, Racanın muazzam taht salonu uzanmaktaydı.

Koşuşmaların, bulunduğu yere yaklaştığını duyan Ömer, ne yapması gerektiğini düşündü. Bu arada gözleriyle, saklanacak bir yer araştırıyordu. Bir yer dikkatini çekti.

Balkonun tam alt köşelerinde, kocaman pencerelerin kalın atlas perdeleri, duvarların üstünden köşelere doğru kıvrılarak, demir halkalara tutturulmuştu. Öyle geniş kıvrımlardı ki, içine girse kimse fark edemezdi. Ama yeter ki, kendisini taşıyacak kadar sağlam olsaydı...

Ayak sesleri yaklaşıyordu. Daha fazla bekleyemezdi. Ani karar verdi. Balkonun köşesinden kendini perde kıvrımının içine bıraktı. Tam zamanında atlamıştı. İçeriye, ellerinde mızraklar ve kılıçlar bulunan muhafızlar gürültü ile dolmuşlardı.

Ömer, nefesini bile kesti. Askerlerin koşuşmalarını, bağrışmalarını duyuyor, ama bir şey görmüyordu. Bağrışmalar, küfürler, ayak sesleri, koşuşmalar bitmek bilmiyordu.

Az sonra gürültü uzaklaşır gibi oldu. Muhafızlar aşağıya inmiş olacaklardı. Ömer, daha fazla sabır edemedi. Atlarken elinden bırakmadığı tavuğu, muzları ve üzüm salkımlarını kucağına koydu. Muzlar ve üzümlerin bir kısmı ezilmişti ama zararı yoktu. Kırılmış olan hançerinin kırık ucuyla, atlas perdede ufak bir delik açtı. Gözünü dayayarak aşağıya baktı.

Salonda yanan kandillerin loş aydınlığı arasında koşuşan saray muhafızlarının dev gölgeleri duvarlarda oynaşıyordu. Bir takım küfürlerden sonra, muhafızlar oradan uzaklaştılar. Anlaşılan onu başka yerde aramaya başlamışlardı.

Kimsenin kalmadığını gören Ömer, büyük bir iştahla tavuğu yemeğe başladı. Tavuk da nefisti doğrusu... Arkadan üzümün bir salkımını ve iki de muzu yedi...

Ömer, yorgunluğun ve şimdi de rahatın verdiği rehavetle kendinden geçti. Perde kıvrımı bir hamaktan farksızdı... Öyle tatlı bir uykuya daldı ki... Ancak, boru sesleri ile gözlerini açtı. Önce nerede olduğunu hatırlamaya çalıştı. Oraya nasıl geldiğini hatırladı. Fazla kıpırdanmadan, daha önceden açmış olduğu deliğe gözünü uydurdu.

Aman Allah'ım! Bu da ne?

Raca'nın taht salonu, Hindu asilleriyle doluydu. Sırmalı ve ipekli elbiselerini giymiş Hindu beyleri, Racanın tahtının iki yanına sıralanmışlardı.

Demek ki, Ömer uyurken salon dolmuştu. O, uzun zamandır devam eden uykusuzluğun ve yorgunluğun verdiği bir uyku ile hiç bir şeyin farkına varamamıştı.

Hindular, onun burada olduğunu bilseler, dişleriyle parçalarlardı muhakkak. Bu durum Ömer için de bulunmaz bir nimetti. Böyle bir fırsatı rüyada görse inanmazdı. Allah'ın bir yardımıydı bu... Pek çok plânlar kurup hazırlansa, düşmanların taht salonuna girmesi mümkün olamazdı. Rüyada görse bile inanmazdı buna. Ama işte gerçekti. Ve taht salonundaydı.

Ömer böyle düşünürken, kapının iki yanında duran borazanlar, fildişinden yapılmış borularını, ciğerlerinin bütün kuvvetiyle tekrar üflediler. Açılan kapıdan Raca, arkasından Sita ve nedimesi, onların arkasından da, Beci girdi. Salondakiler, başlarını eğerek Raca'yı ve Sita'yı selâmladılar.

Raca ve kızı Sita, tahtlarına oturdular. Raca, etrafını süzdükten sonra, gür bir sesle:

– Dostlarım, dedi. Bugün, kutsal hançerimiz, Sümenat'taki Hindu kardeşlerimize gönderilmek üzere, yola çıkarılacaktır. Multan'daki kardeşimizden aldığımız habere göre, Mahmut yola çıkmış. Otuz bin asker ve iki yüz fedaî ile... Tar Çölü'nü geçebilir mi? Geçemez mi? Onu ancak Siva bilir! Geçtiği takdirde, karşısına iki yüz bine yakın Siva kulu ile kırık hançer dikilecektir.

Salonu bir mırıltı doldurdu. Hinduların yüzleri sevinçle aydınlandı.

– Kırık hançer! Kırık hançer! Gazneliler doğranacak, sözleri duyuldu. Sonunda bu, bir çığlık halini aldı.

Elini kaldıran Raca onları susturdu:

– Evet! Kırık hançer yola çıkarılacak ve Gazne Türklerine aman verilmeyecek. Kırık hançeri kardeş Bilhana'ya teslim ediyorum. Seçeceği yiğitlerle, onu Sümenat'taki kardeşlerimize götürecek.

Bunu söyleyen Raca işaret etti. Ömer'in tapınakta gördüğü rahip, öne çıktı. Elinde fildişi çekmeceyi tutuyordu. Raca onun elinden fildişi kutuyu saygı ile aldı.

O arada, sağ sıradaki asiller arasından gayet iri bir Hindu ileri çıktı. Bunun kıyafeti, diğer asillerden farklıydı. Kulaklarından elmas küpeler sarkıyordu. Sakallarının arasında küçücük inciler parıldamaktaydı. Raca soyundan biri olduğu anlaşılıyordu.

Onun bir adım arkasından, sağ ve sol yanında, iki asil de, onunla birlikte Raca'ya doğru yürüdüler.

Raca'ya üç adım kala durdular. Raca, çekmeceyi, iri ve zengin kıyafetli Hindu'ya uzattı:

– Bilhana! Sana çok şerefli bir vazife veriyorum. Görevini tam yapacağına ve kırık hançeri, hayatın pahasına bile olsa yerine ulaştıracağına eminim...

Fildişi kutuyu saygı ile alan Bilhana cevap verdi:

– Hayatım uğruna olsa bile! Ben ölürüm ama kırık hançer bütün parlaklığı ile gözleri kamaştırır; Siva'nın düşmanlarını da kahreder. Onun Sümenat'a ulaşacağına ve Gaznelileri ot biçer gibi biçeceğine emin olabilirsiniz! Erlerim aşağıda bekliyorlar. Hepsi de, en seçme yiğitlerden. Rüzgâr gibi gidip, Siva'nın şimşeğini kardeşlerimize ulaştıracağız.

Sonra eğilerek, salonun ortasına kadar, geri geri çekildi. Salonun ortasında Raca'yı son bir defa daha selâmladıktan sonra, geri döndü. Kapıya doğru yürüdü ve arkasındaki adamlarla birlikte dışarı çıktı.

Boynuz borular, tekrar havaya kalktı. Tiz boru sesleri salonu inletti.

Merasim bitmişti. Raca, eli ile salondakilere işaret etti. Hindu soyluları, gerisin geriye giderek Raca'yı selâmladılar ve sonra salondan çıktılar.

İçerde, sadece Raca, kendisini yelpazeleyen iki Hindu kız, Sita ve Beci kalmıştı. Bir de, kapının önünde bekleyen dört muhafız...

Raca, Beci'ye sordu:

– Akşamki gürültü neydi?

– Aşçı bir hayal görmüş galiba Efendimiz! Mutfakta, O Türk'ü gördüğünü söylemiş...

– Araştırdınız mı?

– Tabii Efendimiz! Bu salonda bile araştırma yaptık. Ama hiç bir ize rastlayamadık. Zaten onun ortaya çıkması imkânsız. Taş odada gebermiştir bile. Oradan çıkabilmesine imkân var mı? O müthiş kobra işini görmedi ise, açlıktan ve havasızlıktan, belki de korkudan can vermiştir.

Raca, bu söze kahkahalarla güldü. Beci de, onun bu kahkahalarına katıldı. Sita, başını çevirmiş Beci'nin yüzünü görmemeye çalışıyor ve hırstan dudaklarını ısırıyordu.

Onu göz ucu ile süzen Beci:

– Ama Efendimiz, dedi. Sita, bizim bu sevincimize ortak olmuyor.

Sita, hırsla başını döndürerek kinle ona baktı. Gözlerinden adeta ateş fışkırıyordu. Onun bir şey söylemesine zaman kalmadan, babası Beci'ye:

– Sita, üzülüyor, dedi. Belki de haklı... Hayatını iki defa kurtarmış olan Ömer'in bu şekilde öldürülmesine tahammül edemiyordu. Sonra Sita'ya döndü:

– Mecburduk buna kızım! Değil bir düşman, sen bile kırık hançere ihanet etsen acımazdım. Unutacaksın bunları! O senin hayatını kurtarmışsa, sen de, onu, Beci'nin elinden almakla ödeşmiş oldun. Yoksa Beci onu yılanlı kuyuya atacaktı.

Sita, isyankâr bir tavırla bağırdı:

– Aynı şeyi yapmadınız mı? Bir kobraya öldürtmek! Ne feci durum!

Raca, başka söz istemez bir tavırla:

– Unut bunu artık kızım! Gereken yapılmıştır.

Sonra Beci'ye sordu:

– Ama eksik tavuğa ne dersin?

– Pisboğaz aşçı yemiş ve sonra böyle bir şey uydurmuştur efendimiz.

– Ha ha! Çok akıllısın Beci! Akla yakın bir ihtimal... Kurnazsın da... Gazneliyi, taş odada sıkıştırman, kobra ile de hesabını görmen bunu gösterir.

– Takdirleriniz beni biraz cüretkâr yapıyor Efendimiz. Acaba, bu takdirlerinizi gördükten sonra, bazı arzularımı kabul edeceğinizi düşünmek, büyük bir cüret mi olur? Sita'yı istesem haddimi bilmezlik mi etmiş olurum?

– Bunu kabul ettiğimi daha önceden söylemiştim sanırım. Önemli olan Sita'nın gönlünü alman! O kabul ederse niye olmasın!

Onların konuşmalarını büyük bir acı ile dinlediği anlaşılan Sita, büyük bir kinle haykırdı:

– Kalleşçe öldürdüğün Ömer'in tırnağı bile olamazsın sen! Israr edecek olursan, ya kendimi ya da seni öldürürdüm... Hem de bu zehirli hançerle! Baba, artık müsaade et de, odama çekilip istirahat edeyim.

Bunu söyleyen Sita'nın elinde, bir hançer belirmişti. Raca gülümsedi. Ayağa kalkarken, yüzü solmuş olan Beci'ye:

– Bu meseleyi şimdilik bırakalım Beci, dedi. İşte görüyorsun!

Eğilerek Raca'yı selâmlayan Beci'nin yüzünde, sinsi bir tebessüm belirdi. Raca, Sita'nın elinden tutarak kapıya yürüdü ve çıktılar. Hizmetkârlar yelpazelerini topladılar. Beci'nin arkasından onlar da çıktı...

On Beşinci Bölüm

Ölümle Burun Buruna

Ömer, duyduğu ve gördüğü olaylar karşısında şaşkına dönmüştü. Demek kırık hançer, yola çıkarılmıştı. Ne yapıp edip, kırık hançeri götürenlere yetişmek lâzımdı. Hançer, Sümenatlıların eline asla ve asla geçmemeliydi.

Ama buradan nasıl çıkacaktı? Biraz düşündü. Sita'nın dairesine gitmeli ve gece karanlığında da saraydan kaçarak kırık hançeri götürenlerin peşine düşmeliydi.

Biraz uğraştıktan sonra, perdenin arasından çıktı. Köşedeki demire basarak, balkona tutundu. Kendini yukarı çekti. Dikkatle ilerlemeye başladı. Av gözetleyen ve takip eden bir kaplan gibi sessiz hareket ediyordu.

Balkondan çıkmadan önce, koridordan bir ses gelip gelmediğini dinledi. Yavaşça başını uzatarak, koridorda kimse olup olmadığına baktı. Koridorun diğer ucunda, iki muhafız birbiri ile sohbet ediyordu.

Ömer, kapının arkasında bekledi. Muhafızlar, az sonra koridorda gezmeye başladılar. Onların bir uçtan diğer uca gidişleri arasındaki zamanı hesapladı. Yine yanındaki kapının önünden geçtikleri an, koridora çıktı. Süzülür gibi köşeyi dönerek, Sita'nın kapısı önüne vardı. Kapının kolunu tutarak itti.

Şansı vardı. Kapı kilitli değildi. Derhal açıldı. Ömer, kapıyı kapayarak içeri baktı. İçerde, muhteşem bir karyolada, Sita yatıyordu. Ağlamaktan gözleri kızarmıştı. Onun saçlarını okşayarak teselli eden nedimesi, gözleri fal taşı gibi açılmış olduğu halde, korkuyla Ömer'e bakıyordu.

Ömer'in, taş odada, kobra tarafından zehirlendiğini duymuş olan nedime, galiba bir hortlakla karşılaştığını sanmıştı.

Ömer, eliyle korkmaması için işaret etti. Nedimesinin sustuğunu ve sabit gözlerle kapıya doğru baktığını gören Sita, başını kaldırdı. Bir insan, ancak bu kadar şaşırır ve sevinebilirdi. Önce gözlerini kırpıştırdı. Sonra kolunu çimdikledi. Ağzından bir fısıltı çıktı:

– Ömer! Yiğit Ömer! Sen! Sen! Ama nasıl olur?

Sonra bir çılgın gibi, karyoladan atlayarak koştu. Ömer'in omuzlarını tuttu. Sevinçten gülüyor, Hintçe bir şeyler mırıldanıyordu. Az sonra da bu gülmenin yerini bir ağlama aldı. Hüngür hüngür ağlayarak Ömer'in ayaklarının dibine yığıldı. Ömer, onu kuvvetli kollarıyla yakaladı. Onu kaldırarak, yatağına götürdü ve uzattı. Nedimeye de, biraz su getirmesini söyledi. Su ile Sita'nın bileklerini ve şakaklarını ovdurdu.

Sita az sonra kendine geldi.

– Senin için öldü, dediler. Öğrendiğim zaman bütün dünyam yıkıldı. Mahvoldum... Hâlâ gözlerime inanamıyorum. Sen misin Ömer? Ne olur söyle! Rüya görmediğimi söyle! Nasıl kurtuldun? Nasıl çıkabildin o ölüm odasından? Aman kapıyı da kilitleyelim... Beci, sağ olduğunu anlamamalı... Ömer nasıl kurtuldun? Hadi anlat!

– Geldim ya! Kurtuluşumu anlatmama ne lüzum var Sita?

– Geldiğine inanamıyorum. Anlat ne olur!

Sita'nın bu kadar ısrarı üzerine, Ömer, başından geçenleri anlattı. Ömer'i, önce, hortlak zannetmiş olan nedime, Ömer'in anlattıklarını dinledikçe, Ömer'e bakışları değişti ve korkusu geçti. İki kız, heyecanlı çığlıklar atarak, Ömer'in başından geçenleri, kobra ile boğuşmasını dinlediler.

Ömer, sözlerini bitirdikten sonra:

– Sita! Benim gitmem lâzım! Gece buradan çıkmalıyım, dedi.

– Seni bir yere bırakmam! Ölünceye kadar odamda bakarım sana! Ne olur Ömer, gitmekten bahsetme...

Nedimem bana çok sadıktır. Senin burada olduğunu kimseye söylemez.

– Sita! Bu hareketin, bir erkek için gurur okşayıcı bir şey... Ama düşünmelisin ki, benim görevim var. Arkadaşlarım er meydanlarında düşmanlarla dövüşürlerken, ben burada nasıl kalabilirim? Böyle bir harekette kendime hürmetim kalmaz. Kendimden tiksinirim. Görevim, kırık hançeri ele geçirmek veya yok etmekti. Hemen yola çıkıp kırık hançeri götürenlere yetişmeliyim.

Sita, yerinde doğrularak, heyecanla, Ömer'in omuzlarını sarstı:

– Ömer! Onlara yetişemezsin! Yetişsen bile onlar ülkemizin en seçkin silâhşörleri... Üstelik sayıları da fazla... Yiğitsin, kuvvetlisin ama tek başına onlara karşı ne yapabilirsin? Göz göre göre kendini ateşe atma! Öldürürler seni!

– Ölsem bile gideceğim Sita! Bu benim görevim. Sen kendini boşuna üzme!

Ömer'i yolundan döndüremeyeceğini anlayan Sita, içini çekti:

– Peki Ömer. Seni anlıyorum. Yalnız biraz daha dinlen. Gece olunca istediğin gibi hareket edersin.

Ömer, Sita'nın yüzüne baktı:

– Bana yaptığın bu yardımları asla unutamam Sita, dedi. Seninle geçirdiğim şu birkaç gün, benim için hatıra kalacak.

Sita ses çıkarmadı. Hayale dalmış gibi idi. Aniden bir ürperişle sarsıldı. Ömer'in gözlerine bakarak şunları söyledi:

– Ömer! Yiğit Gazneli! Sen yaptığın iyiliğin karşılığını gördün. Benim sana yaptığım yardım, senin bana yaptıklarının yanında hiç kalır. Ama sana şunu belirtmeliyim ki; eğer yaptıklarımı yardım kabul ediyorsan, ben bunları senin yaptıklarına karşılık olsun diye yapmadım. Ben bunları seni, seni...

Sözünün burasında Sita'nın sesi boğuklaştı. Yutkundu... Söyleyip söylememekte kararsız kaldı. Bu şekilde uzunca bir zaman geçti. Sita, Ömer'in kendisine soru soran gözlerle baktığını görünce kararsızlığını yendi:

– Gidiyorsun! Gidiyorsun artık! Kendimi sonra asla affedemem diye söylemem lâzım. Evet Ömer! Sana sırrımı açacağım. Belki bunu duyduktan sonra bana önem vermeyecek, beni kalbimden vuracaksın. Ama her ne olursa olsun, söyleyeceğim. Ömer! Sen beni kurtarmasaydın ve bana yardım etmemiş olsaydın bile ben yine seni kurtarmak için hayatımı feda ederdim. Çünkü! Çünkü! Çünkü ben seni seviyorum Ömer! Hem de bütün benliğimle...

Yemin ederim ki, şimdiye kadar kalbime giren ilk ve son erkek sen oldun! Sita bu sözlerden sonra, koştu. Divana kapanarak, hıçkıra hıçkıra ağlamaya başladı.

Ömer ağır ağır onun yanına yaklaştı. Sarsıla sarsıla ağlayan Sita'nın yakınında dikildi.

– Sita, dedi. Sita! Güzel Hint çiçeği! Yaz sabahları, çiçekler üzerindeki şebnemler kadar saf ve temiz Sita! Gözlerimden sana karşı olan duygularımı, sen de anlamıyor musun?

Ömer'in sesi de boğuk ve heyecanlı çıkmıştı. Sita heyecanla doğruldu.

– Öyle ise, sen de... Sen de...

Ömer, evet dercesine başını salladı.

- Evet Sita! Evet! Ben de seni seviyorum.

Ömer, tam sözünü bitirmişti ki, dışarıda koşuşan ayak sesleri duyuldu. Kapı şiddetle yumruklanmaya başladı. Sita, bembeyaz kesildi. Ömer'in gözlerine baktı. Kapı kırılacak gibi vuruluyor ve zorlanıyordu. Sita, sert bir sesle bağırdı:

– Hangi küstah kapıma bu şekilde vuruyor?

Dışarıdan Beci'nin huysuz sesi duyuldu:

– Racamızın yüksek emirleri ile saray muhafızlarına kapıyı açınız! Gazneli'nin orada olduğunu biliyoruz. O Türk teslim olsun!

Sita ile Ömer tekrar birbirlerine bakıştılar. Ömer, bir şey demeden pencerenin önüne fırladı. Açık olan pencereden aşağıya baktı. Bulundukları oda, yerden çok yüksekti. Üstelik aşağıda gezen, mızraklı kılıçlı pek çok Hindu muhafız görülmekte idi. Bir an düşündü.

Kapıya vurulan darbeler daha da artmıştı. O kalın kapı omuz darbeleri ile çatırdamaya başlamıştı. Yanına gelmiş olan Sita'ya:

– Kapının sürgüsünü çek ve yana çekil, dedi.

Sita, şaşırmıştı. Ömer tekrarladı:

– Çabuk ol! Sürgüyü çek ve yana çekil. Yapacak başka bir şey yok.

Sita koştu. Aniden sürgüyü çekti. Kapının açılması ile kapıya yüklenmiş üç Hindu askeri, içeri yuvarlandılar. Ömer, bir kaplan gibi fırladı. Onların üzerinden atlayarak, kapının önünde duran ve ne olduğunu anlayamayan Beci'ye müthiş bir yumruk indirdi. Beci, çenesine inen yumrukla, inilti ile yere devrilirken Ömer, koridorda koşmaya başladı. Peşinden gürültüler, küfürler geliyordu.

Mızraklı iki nöbetçi önünü kesmek istedi. Ama biri yüzüne yediği yumrukla devrilirken, diğeri karnına gömülen tekme ile kıvranmaya başladı.

Ömer, karşısına çıkan merdivenlerden yukarı koşarken, yolunu kesen başka bir erle karşılaştı. İri bir Hindu olan bu adam, elindeki kılıcı Ömer'in beline savurdu. Ömer, bu hamleyi savuşturduktan sonra, adamın ensesine, sağ elinin yan tarafı ile sert bir darbe indirdi. Asker, acı bir çığlıkla merdivenlerden aşağı yuvarlandı.

Ömer, bu tehlikeyi savuşturmuştu ki, üç askerin, mızraklarını uzatarak üzerine koştuklarını gördü.

Soğukkanlılığını kaybetmedi. Zıplayarak, eğilerek bunların vuruşlarından kurtuldu. Fırsatını buldukça, eli ile indirdiği darbelerle bunları da yere yıktı. Bu boğuşma sırasında gelen dört, beş Hindu'yu da zararsız hale getirdikten sonra, çevresine göz attı.

Durum gittikçe kötüleşiyordu. Kulenin tepesine çıkmıştı, ama neye yarardı. Kaçacak bir yer yoktu. Üstelik iki yandan gelen Hindu askerleri, ellerindeki kılıçları sallıyor, küfürler savurarak kin ve hırsla üzerine koşuyorlardı. İki yandan da sıkıştırılmıştı. Artık mahvolmuştu.

Ama Ömer, kolay kolay teslim olacak yiğitlerden değildi. Atlıyor, vuruyor, eğiliyor, zıplıyor vuruşlardan, kılıç ve mızraklardan kendini kurtarıyordu.

Hindular deliye dönmüşlerdi. Silâhlar sanki bu yiğide işlemiyordu. Kılıçlarını başına savurdukları anda eğiliyordu. Ayaklarına salladıklarında, zıplıyordu.

Bu sanki bir insan değil, bir ejderhaydı. Geçtiği yerden, sadece iniltiler, küfürler yükseliyordu. Hindular şaşırmışlardı. Bu nasıl insandı? Silâhsız böyle çarpışırsa, elinde kılıç olsa neler yapmazdı?

Kendini toplayarak, Ömer'in peşinden gelmiş Beci, hırstan ve kinden boğulacak gibiydi. Ömer'in yanına yaklaşmamaya dikkat ederek uzaktan, onu yakalamaları için bağırıp duruyor, yerinde çırpınıyordu.

Ömer'e yaklaşamıyordu... Çünkü yediği yumruğun acısını unutmamıştı. Yerlerde kıvranan, kemikleri kırılmış erlerinin durumu da gözünü korkutmuştu. Yaklaşsa, kendisinin de onlardan farksız hale geleceğini biliyordu.

Hırstan ve kinden titriyordu. Çünkü yalnız yediği yumruk değil, çılgınca sevdiği Sita'nın, Ömer'i odasında gizlemiş olmasını ve bir arada kalmış olmalarını hazmedemiyordu. Hırs ve kinle kesik kesik emirler veriyordu:

– Yakalayın! Vurun! Acımayın! Kesin! Doğrayın! Durmayın aptallar! Parçası kalmasın!

Bir darbe ile yere yıkılsa Ömer'in bir parçasının bile kalmayacağı belli idi. Beci'nin, bağıra bağıra sesi de kesilmişti.

Ömer'in de yorgunluktan gözleri kararmıştı. Önüne çıkan adamları ve kalkıp inen kılıçları hayal gibi görüyordu.

İyice sıkıştırılan Ömer'in kafasında bir şimşek çaktı. Onların eli ile öldürülme zevkini, bu pis Hindulara tattırmayacaktı. Kulenin aşağısında bir ayna gibi uzanan göle baktı. Oraya atlamaya karar verdi. Ayaklarının üzerinde yaylandı. Besmele çekerek, balıklama aşağıya uçtu, gitti...

On Altıncı Bölüm

Bataklı Göl

Ömer, bir anda, kendini suların içinde buldu. O anda yüzlerce yaban ördeğinin kanat sesleri ve çığlıkları etrafı kapladı.

Ömer'in suya düşmesi ile gürültüden ürken yüzlerce yaban ördeği, az uzaktaki sazların arasından, kanatlarını çırparak havalanmışlardı. Bu kanat seslerine, yukarıdan Hindu erlerinden gelen küfürler ve ulumalar karışıyordu.

Hindu erleri ellerinden kaçırdıkları avın, suyun yüzüne çıkmasını bekliyorlardı. Kalede büyük bir telâş başlamıştı. Askerlerin bir kısmı aşağıya koşarken, diğer bir kısmı da, yay ve oklarını göle çevirmişti. Suyun yüzüne çıkacak olan Ömer'i oklayarak öldüreceklerdi. Ama aradan uzun zaman geçtiği halde Ömer su yüzüne çıkmadı.

Ne olmuştu? Neden çıkmıyordu? Yoksa bataklığa mı saplanmıştı?

Onun su yüzüne çıkmadığını görüp sabırsızlanan adamlar homurdanmaya başladılar. Biri, su gibi akan terini silerken etrafına bakındı:

– Bu ne biçim bir adam? Yirmi yirmi beş kişiyi haklamış be! Bir daha bunun gibi birinin karşısına çıkmaktan Siva beni korusun.

Başka biri cevap verdi:

– Türklerin hepsi böyle ise hapı yuttuk.

- Hem de bu daha on sekiz yirmi yaşlarında bir genç!

– Şimdiye kadar su yüzüne çıkmadığına göre, ölmüş olsa gerek.

– Batağa saplandı galiba?

– Gebersin! Anamızı ağlattı be!

– Ah! Onu bir elime geçirseydim? Siva hakkı için, bir kılıçla onu ikiye bölecektim, ikiye!

Yanındaki arkadaşı güldü:

– Elinde fırsat vardı! Karşılaşmıştın! Merdivenlerin üstünde ikiye bölseydin ya?

İri adam kızdı. Aşağıya, göle tükürdükten sonra, sert sert karşısındakine baktı:

– Ayağım kaymasaydı, düşündüğümü orada yapacaktım ya! Neyse şansına şükür etsin. Onu çiğ çiğ yerim be!

Bu sırada aşağıda sandallarla araştırma başlamıştı. Ömer'in izine rastlanmıyordu. Acaba ne olmuştu? Bu kadar zaman geçtiği halde, Ömer niye su yüzüne çıkmamıştı. Batağa saplanarak boğulmuş mu idi?

Araştırmayı kontrol eden Beci'nin sinirli sesi duyuluyordu:

– Onu bulmadan size yemek yok budalalar! Eşek gibi adamlarsınız. Sadece yemek yiyip gösteriş yapmaktan hoşlanırsınız. Bir kişi ile başa çıkamadınız ahmaklar! Yazıklar olsun sizlere!

Hava kararmaya başlamıştı. Kayıklar, suyun üstünde dört bir tarafa gidip geliyordu. Kayıkların içindeki adamlar, ellerindeki mızrakları suya daldırıp duruyorlardı.

Yok... Yok... Yok...

Beci'nin öfkeli sesi arada bir yine yükseliyordu.

– Aptallar! Silâhsız birini yakalayamadınız... Hadi canlı iken baş edemediniz, bari ölüsünü bulun, ölüsünü! Onun ölüsünü görmeden rahat edemem. Hadi bazılarınız gitsin! Kaplanları getirerek etrafı araştırın.

Az sonra, beş kaplanın peşine takılmış, yirmi, yirmi beş iz sürücü Hindu, etrafa dağıldı. Kaplanlar, boyunlarındaki zincirleri gererek, huysuz huysuz yürüyorlar ve ara sıra kükrüyorlardı. Hindular, bunları iz takiplerinde kullanmaktaydılar. Uzun zaman aç bırakılan bu yırtıcı hayvanların eline düşenin bir parçası bile kalmazdı.

Acaba Ömer ne olmuştu?

Ömer, suya atladıktan sonra, suyun dibinden gitmiş, sazlığa girmişti. Yukarıdan takip edilip öldürüleceğini biliyordu. Bu yüzden, kamışlardan birini koparmış, Hindular onu gölün ortasında ararken, havasını boşalttığı bu kamışı ağzına almıştı. Bir ucunu suyun dışına çıkarıp, bununla hava alarak suyun dibinde beklemeye başlamıştı.

Arandığını, kulağına gelen gürültülerden anlıyordu. Uzun zaman bulunduğu yerde heyecanla bekledi. Sazların arasına gelen Hindular da oldu. Ama yanından geçtikleri halde, Ömer'i fark etmediler.

Ömer, havanın kararmasını bekliyordu. Nihayet gürültülerin kesildiğini ve havanın karardığını fark etti.

Yavaşça başını sudan çıkardı. Sazları aralayarak baktı. Uzaklardan meşaleler bir o yana bir bu yana gidip geliyordu. Hâlâ onu arıyorlardı.

Tehlikeden daha kurtulamadığını anladı.

Beklemeye başladı. Böylece, bir iki saat kadar geçti. Ömer, bu arada dualar ediyor, kurtardığı için Allah'a şükür ediyordu.

Nihayet, meşaleler de kayboldu. Araştırmayı belki de, ertesi güne bırakmışlardı.

Yavaş yavaş, sazların arasından çıktı. Nihayet kuru toprağa vardı. Hemen ayağa kalkmadı. Ormana kadar olan arazi dümdüzdü. Hindular, şatonun etrafını dümdüz etmişler, gelecek bir tehlikeyi önceden görebilmeyi sağlamışlardı. Bu yüzden, gölle orman arasındaki geniş mesafede bir ağaç bile yoktu. Ayağa kalksa fark edilebilirdi. Üstelik ay ışığı da etrafı aydınlatıyordu.

Yere yatarak, dirsekleri ve dizleri üzerinde sürünüp, ormana doğru ilerlemeye başladı. Çeşitli hayvan bağırtılarının geldiği vahşi orman, kapkara bir canavar gibi uzanıyordu. Ömer, ormanın gölgesine girince doğruldu. Eğilerek karanlıklara karıştı.

Artık kaçması gerekiyordu... Ama nereye? Onun bütün gayesi, kaçmak ve kurtulmak değil kırık hançeri ele geçirmekti.

Sita'dan duydukları, onu daha çabuk hareket etmeye zorluyordu. Hançeri muhakkak ele geçirmesi veya yok etmesi lâzımdı.

Biraz düşündü. Ne yapmalıydı? Acaba kırık hançeri götürenler, hangi yöne gitmişlerdi? Karanlıkta bunu kestirmek mümkün değildi. Bulunduğu yerde fazla oyalanması da çok tehlikeliydi. Sonunda besmele çekip, el yordamı ile ormanda ilerlemeye başladı.

Önünü görmeden ağaçlara, çalılara takılarak yürüyordu. Üstündeki elbiseler çalılara takılıyor yırtılıyordu. Vücudu dalların ve çalıların takılması ile yara bere içinde kalmıştı. Ama Ömer yürüyor, düşe kalka ilerliyordu.

Gün doğmadan, takibe çıkacakların elinden kurtulması lâzımdı. Gerek bu yürüyüş ve gerekse yapmış olduğu büyük dövüş onu çok yormuştu. Arada bir dinleniyor, tekrar yürümesine devam ediyordu. Yalnız takip edildiği için değil, kırık hançeri götürenlere yetişebilmek için de acele ediyordu.

Gerçi, onun bu ormanda, kırık hançeri götürenleri bulması, saman yığını içinde iğne aramaktan başka bir şey değildi. Ama o, ümidini kesmiyordu.

İki saat kadar bu şekilde ilerledi. Sonunda, yorgunluktan bacakları titremeye başladı. Yürümek istiyordu, ama vücudu ve ayakları ona itaat etmiyordu. Göz kapakları da kurşun gibi ağırlaşmıştı. Bütün gücü tükenmişti. Toprağa uzanıp, uyumaktan başka bir şey düşünemez olmuştu. Artık adım atacak takati kalmamıştı. Nihayet, el yordamıyla bir ağaç dibine uzandı ve kendinden geçti...

Sabahleyin, ormandan yükselen bin bir ses ve çığlıklar arasında gözlerini açtı. Besmele çekerek toparlandı. Uykusunu almış rahatlamıştı. Yalnız, çalıların ve dalların yırtıp, çizdiği yerler acıyordu

"Buna da şükür. Ucuz atlattım" diye mırıldandı. Etrafa göz attı. Orman, gayet sık ve yüksek ağaçlarla kaplıydı. Ağaçların dalları, yukarılarda birbirlerine öyle girmişlerdi ki, güneş ışıklarının bile girmesi zorlaşmıştı.

Ağaçların gövdeleri ve dalları, yer yer yosun tabakası ile kaplı idi. Bol yağmurların fışkırttığı bitkiler çok sıktı. Ağaçlardan sarkarak birbirlerine sarılmış sarmaşıklar uzanıp gitmekte idi. Üstteki dal örgüleri güçlükle delip süzülebilmiş güneş ışığı, ormana bir loşluk vermişti.

Ayağındaki çizmeler parçalanmış ve tabanı açılmıştı. Kalın ve büyük yapraklar kopararak çizmenin içine yerleştirdi. Tekrar yürümeye başladı. Şimdi biraz rahatlamıştı.

Sungur'la, Osman Ali'nin yanına bir varabilse, orada, atını ve kılıcını ele geçirdikten sonra, kırık hançeri götürenleri yakalamak daha kolay olurdu.

Önemli olan, Hinduların ormanda açtıkları anayolu bulmaktı. Anayolu bir bulsa, kırık hançeri götürenleri orada izleyebilirdi.

Orman daha da sıklaşmış ve korkunçlaşmıştı. Önünden maymunlar kaçışıyor, rengârenk tüylü papağanlar uçuşuyordu. O, yürüyor yürüyordu. Büyük bir açlık hissedince, bir hindistan cevizi ağacına çıktı. Üç, dört tane hindistan cevizi kopardı. Daha ağacın üstünde, ikisini dallara vurarak kırdı. Cevizin, içine ferahlık veren sütünü büyük bir lezzetle içti. Ancak üç ceviz karnının doymasına yetmişti. Vücuduna yeni bir güç gelmişti.

Üç tane daha hindistan cevizi kopardı. Bunları yanında götürecek ve acıktığı zaman yiyecekti. Ağaçtan indikten sonra, aşağıya attığı bu cevizleri topladı. Liflerinden tutarak yürümeye başladı.

Ormanın bazı kısımları çok güzel, bazı yerleri ise korkunçtu.

Dikenleri birer mızrak gibi büyümüş çalılar, yolu geçilmez hale koyuyor; suya doymuş topraktan çılgınca fışkırmış gür ve zengin bitki çeşidi arasında geçeceklere, tuzaklar kuruyordu.

Bin bir renkli çiçek örtüleri altına kendilerini gizlemiş korkunç bataklıklar, sanki av beklemekteydi. Ömer, çok dikkatli yürüyordu. Kazara düşeceği bir bataklıktan kurtulamayacağını gayet iyi biliyordu.

İkindiye doğru ormandan çıkabilen Ömer, çevresine bakındı. Üç tepeler, sağ tarafta görünüyordu. Sevinçle, oraya doğru yürümeye başladı. Ama hava kararınca, bir ağaç üzerinde gecelemeye karar verdi.

Olaysız geçen bir geceden sonra, güneş doğarken yine yola düştü. Nihayet ikindiye doğru arkadaşlarının bulunduğu yere vardı.

Ömer, arkadaşlarını ve atını görünce, sevinçle, onlara doğru koşmaya başladı. Bir ıslık çalarak Kasırga'yı çağırdı.

Kasırga... O sadık hayvan nefis otları bırakarak, başını kaldırdı. Kulaklarını dikti. Ömer'in ikinci ıslığında çevresine bakındı. Üçüncüsünde, yelesi, hızdan meydana getirdiği rüzgârda uçuşarak, yerlerde yem arayan kuşları çılgına çevirerek, Ömer'e koştu. Ömer, Kasırganın başını sevgi ile öpüp okşarken, sadık hayvan burnunu Ömer'in omzuna sürtüyor ve tatlı tatlı kişniyordu.

Sungur ve Osman Ali, Ömer'i görünce çok sevindiler. Ömer, dinlendikten sonra onlara başından geçenleri anlattı.

Kırık hançeri götürenlere yetişmek için, sabahleyin erkenden yola çıkmaları gerektiğini söyledi.

Kırık hançer meselesi, Ömer'i oldukça düşündürüyordu. Acaba, kırık hançeri götürenlere yetişebilecekler mi? Gidenler kaç kişiydi? Ellerinden hançeri alabilecek miydi?

Altına uzandığı ağacın yaprakları, tatlı bir mırıldanma ile ormanın güzelliğinden bahsediyordu. Uzakta, çok uzakta belli belirsiz öten bir kuş, aşk şarkısı söylüyordu. Ömer, büyük bir haz ve yorgunluk içinde kendinden geçerken, dudaklarından hasret dolu kelimeler döküldü:

– Sita! Sita! Sevgili Sita! Acaba bir daha birbirimizi görebilecek miyiz?

On Yedinci Bölüm

Bataklık

Orman, tatlı bir serinlikle ürperiyordu. Dinlenmiş çevik atlar, ağaçların arasından kayıp gidiyordu. Önlerinden, yeşil, mavi renkli papağanlar, uçup durmaktaydı.

Nihayet ana yola çıktılar. Bir müddet gittikten sonra, Ömer, atının üzerinden eğilip, izleri incelemeye başladı. Bir yerde, atından atlayarak, toprağı kontrol etti. Sonra, börkünü iterek biraz düşündü.

– Buradan geçmişler! On beş veya on altı kişi var. Geçeli bir gün olmuş. Yakında onlara yetişiriz sanırım. Yeter ki süratli gidelim.

Osman Ali, Ömer'in bu iz sürüşüne hayret etmişti. Atlarına binip süratle giderken düşüncesini Sungur'a açtı. Sungur, bunun bir tecrübe ve dikkat meselesi olduğunu söyledi.

Bütün gün at sürdüler. Hava kararırken, Ömer, bulduğu yeni izlerden, aradaki mesafenin yarım günlük farka indiğini söyledi.

Ertesi gün, aynı şekilde gittiler. Hava kararırken karşısındaki bir tepeden, dumanların yükseldiğini gördüler. İki günden beri arkadaşları ile hiç konuşmadan kaşlarını çatarak iz sürmüş olan Ömer, sevinçle haykırdı:

– Onlar! Haydi yiğitler çok şükür yetiştik!

Kısa bir süre sonra, onlar da ormana girdiler. Ömer, uygun bir yerde atından atlarken, Kasırga'nın terli başını okşadı.

– Atlarımız üzerlerine düşen görevleri yaptılar. Şimdi iş, bizlere düşüyor. Sizler burada durun! Ben gizlice onlara yaklaşayım. Sungur! Sen bu arada atları gezdir ve bakımlarını yap.

Bunu söyledikten sonra dizginleri Sungur'a uzattı. Sonra da, karanlıklar arasında kayboldu.

Bir müddet gitmişti ki, kulağına kahkahalar ve sarhoş bağırmaları geldi. Yere yatarak, dizleri ve dirsekleri üzerinde sürünerek, alevlerin yükseldiği ve gürültülerin geldiği yere iyice yaklaştı. Bir çalı kümesinin arkasına gizlenerek, baktı. Tahmini doğruydu. Ateşin başında on dört adam vardı. İki de nöbetçi çıkarmışlardı. Demek ki, tam on altı kişiydiler.

Ateş etrafında oturanlar, kızarttıkları bir hayvandan kopardıkları etleri yerken, içki içiyorlardı. Ömer, ateşin aydınlığında, kırık hançeri götürmekle görevli adamı da gördü. Acaba kırık hançeri nereye koymuştu? Onu bulamaz mıydı?

Ömer, etrafa göz attı. Eşyaların ve atların biraz ilerde, sağ tarafta olduğunu gördü. Oradaki nöbetçi, bir ağaca yaslanmış, uyukluyordu. Kırık hançer, muhakkak ki, eşyaların arasındaydı.

Sürüne sürüne eşyalara doğru ilerledi. Dirseğinin altına gelen bir dal çatırdayarak kırıldı. Ama nöbetçi yerinden bile kımıldamadı. Sarhoşların gürültülerinden, ormandaki hayvanların bağırtılarından, kırılan dal sesinin duyulmasına imkân yoktu.

Sürünerek ilerlemeye devam etti. Eşyalara iyice yaklaştı. O anda, atlardan biri kokusunu almış olacak ki, acı acı kişnedi.

Uyuklayan nöbetçi, derhal gözlerini açtı. Ömer'i gördü. Bağırarak, elindeki mızrakla Ömer'e saldırdı. Ama Ömer, onun mızrağını eliyle yana çeldikten sonra, yerleştirdiği korkunç bir yumrukla adamı yere serdi.

Diğerleri de dövüşü fark etmişti. Bağırarak koştular. Ömer bir kaplan gibi ağaçların arasına daldı. Bir ağacın arkasına geçerek, adamların ne yapacaklarını gözlemeye başladı. Ateşin önünde koşuşan karartılar görülüyordu. Anlaşılan, adamlar şaşırmışlar ve korkmuşlardı. Telâşlı konuşuyorlardı. Kimisi:

– Dağ uğrularından biri olsa gerek! Eşyalarımızı çalmak istiyordu, derken, kimisi de:

– Aman uyanık olalım! Yahut nöbetçi sayısını arttıralım! Silâhlarınızı el altında tutun millet, diye bağırıyordu.

Bu durumda, kırık hançeri ele geçirmek mümkün olmayacaktı. Ömer, arkadaşlarının yanına döndü. Olayı anlattığı zaman, Sungur gevrek bir kahkaha attı:

– Kırk güne kalmaz gider bu adamlar! Kim bilir nasıl korktu yoksullar?

Osman Ali'de güldü:

– Kırk güne kalmaz! Yarın veya öbürsü gün haklarız. Sonra bu korku yeter onlara. Bu akşam uyuyamazlar.

Ömer:

– Evet! Arkadaşlar, dedi. Onlar, bu gece huzursuz olacaklar. Biz uyumaya bakalım.

Sabahleyin, Ömer'in fısıltısı ile uyandılar. Ömer, bütün gece uyumamış bir plân hazırlamıştı. Kırık hançeri götürenler nasıl olsa azdılar. Onları bir pusu ile haklamak mümkündü. Daha önceden yola çıkarak, onları uygun bir yerde pusuya düşürebilirlerdi.

Arkadaşlarına, düşüncesini açtığı zaman, onlar da uygun buldular. Hindulardan önce yola çıktılar. Uzun zaman gittikten sonra, Ömer uygun bir yer buldu. Bir tarafı bataklık olan bu bölge, pusu için bulunmaz bir yerdi.

Yere yatarak beklemeye başladılar. Oklarını da önlerine dökmüşlerdi. Uzun bekleyişten sonra, nal sesleri, at kişnemeleri duyuldu. Hindular gözüktüler. Hiç bir şeyden şüphelenmedikleri için, emniyet tedbirleri almamışlardı.

İyice yaklaştıklarında, Ömer'in işareti ile üç ok uçtu. Göğüslerinden yedikleri oklarla, üç Hindu atlarından yuvarlandılar. Vınlayarak uçan üç ok, üç Hindu'yu daha devirirken, Ömer ayağa kalktı. Hindulara:

– Durun, diye haykırdı.

Hindular şaşırmışlardı. Bir anda altı arkadaşlarını kaybetmek onları dehşete düşürmüştü.

Ömer, yayını sallayarak bağırdı.

– Buradan baç[4] vermeden geçemezsiniz!

Atını zapt etmeye çalışan Hinduların başkanı, etrafına bakındı. Az ilerde, Sungur ile Osman Ali'yi gördü. Düşmanlarının üç kişi olduklarını anlayınca, hırsla ve alayla sordu:

– Baçımız ne ola ki?

Ömer kısa kesti:

– Kırık hançer!

Adamlar, şaşkın şaşkın birbirlerinin yüzlerine baktılar. İri bir Hindu haykırdı:

– Bre! Bu Gazne askerlerinden biri... İstediğini duymaz mısınız?

Başkanları cevap verdi:

4 Bir çeşit vergi.

– Biraz müsaade et de istediğini vereyim!

Atının sağrısına el attı. Bir torba içindeki fildişi kutuyu aldı. Kutuyu açarak kırık hançeri çıkardı. Sonra, hançerli kolunu havaya kaldırdı:

– İşte istediğin hançer it oğlu! Boğazına kemik saplanan çakallar gibi ulu şimdi, diyerek atını sürdü.

Ama Ömer'e doğru değil de, yandaki ağaçlara doğru ilerlemişti. Havaya kaldırdığı hançerin ucunda, üç, dört kulaç uzunluğunda bir ışıltı belirmişti.

Sungur, Osman Ali ve Ömer dehşetle titrediler. Çünkü atını ağaçlara doğru sürmüş olan Hindu'nun yaptığı iş, akıl alacak gibi değildi. Hindu'nun ağaçlara savurduğu hançerin ucundaki ışıltılar, tereyağına gömülen bıçak gibi, o koca ağaç gövdelerini kesip geçiyordu. Ağaçlar, o geçtikten hemen sonra, titreyerek ortalarından kesilmiş olarak, yere gövdenin önüne gürültü ile devriliyordu.

Sanki kardan bir adamın güneş karşısında eriyip yok olması veya belinden kesilen bir insanın gövdesinin ayaklarının dibine düşmesi gibi.

Görülmemiş bir şeydi bu... O koca ağaçlar bir dokunuşta bir muz gibi, soyulmuş bir kavunun içi gibi rahatlıkla nasıl kesilebilirdi? Bu ne biçim bir madendi? Demek Sita'nın söyledikleri doğruydu... Bir, iki kulaç kalınlığındaki ağaçları tereyağına giren bir bıçak gibi rahatça kesen, hiç zorluk çekmeyen bu hançer, zırhları ve önüne çıkacak kılıçları da muz keser gibi rahatça doğrayabilirdi...

Ömer ve arkadaşları bunları düşünürken, Hindu, hançerle ağaçları kesmeye devam ediyordu. Gösterisini yaptığını, Ömer'i korkuttuğunu zanneden Hindu, atını durdurdu. Ömer'e döndü. Adamın altındaki at kişniyor ve toynakları yeri eşeliyordu. Adam:

– Hey Gazneli! Hâlâ, hançeri istiyor musun? Kararından dönmedin mi, diye seslendi ve sinir bozan bir kahkaha attı. Atlarını geriye almış diğer Hindular da bu kahkahaya katıldılar.

Ömer gür bir sesle cevap verdi:

– Kararımdan dönmek mi? Hançerin bu marifetini gördükten sonra kararım daha da kesinleşti!

Bunu söyleyen Hintli, atını çılgınca Ömer'in üzerine doğru sürdü. Atın gelişini büyük bir dikkatle takip eden Ömer, son anda kendisini yere atarak, yuvarlanıp uzaklaştı. Hançerden uzayan ışıltı, sol omzuna rastlayan yerden bir parça koparıp aldı.

At geçtikten sonra, Ömer, fırlayarak doğruldu. O anda bir şeye karar verdi. Bataklığa doğru yaklaştı. Arkasını bataklığa, yüzünü atlıya döndü.

O esnada, atını döndüren Hindu, tekrar bir nara atarak atını Ömer'e doğru sürdü. Ömer, eğilerek, çizmesinin içindeki hançerini çekti. Bekledi. Onun yeter derecede yaklaştığını görünce, hançeri nişanlayarak, at üstündeki Hindu'nun yüzüne fırlattı.

Şam yapısı, kemik saplı oluklu hançer vınlayarak uçtu. Hindu'nun tam alnına gömüldü. Ucu kafatasının arkasından çıktı. Ormanı, canhıraş bir çığlık inletti.

Hindu silahşör elinde, ucundan ışıltılar saçan kırık hançer olduğu halde, atının üzerinde, bataklığa uçtu gitti. Öyle hızlı bir gidiş ki, at bataklığın ortasına kadar ilerledi. Zavallı hayvan, ne olduğunu anlayamadan bataklığa gömüldü. Üstündeki ölü Hindu da, elindeki kırık hançerle, çamurların arasında az zamanda gözden kayboldu.

Bataklık, fokurdayarak eline düşmüş avını hazmetmeye başladı. Şaşıran diğer Hindu silahşörler, korku ve dehşetle bataklığın kenarına koştular. Diğerleri de bataklıkta kaybolan kırık hançerin kayboluşundan duydukları üzüntü ile göğüslerini yırtmaya, saçlarını yolmaya başladılar.

Ömer, derhal arkadaşlarının yanına, saklandıkları ağacın arkasına geçti.

Sungur çok duygulanmıştı:

Allah, senden razı olsun beyim! Geberttin koca Hindu'yu! Ne atıştı o!

– Sağ ol! Sağ ol Sungur! Yalnız, şimdi konuşmayı bırakalım da, yaylarımızı gerelim. Bu adamları buradan kaçırmayalım. Kırık hançerin buraya gömüldüğünü kimse duymamalı. Biri kurtulacak olursa, hançerin bulunduğu yeri diğer Hindulara da haber verebilir.

Ömer yüzünü bitirir bitirmez ilk okunu fırlattı. Peş peşe, vınlayarak uçan oklar, kudurmuş gibi dövünen üç Hindu'yu yere devirdi. Diğerleri kaçışırlarken, ölüm işaretleri gibi vınlayarak gelen oklardan kurtulamadılar. Üç Hindu daha yere kapaklandı.

Geride, üç Hindu kalmıştı. Büyük bir korku ile atına atlayan Hindulardan birinin, bir ok ensesinden girerek boğazından çıktı. Adam, atının üzerine devrilirken, at süratle ağaçlar arasına daldı.

Diğer ikisi o kadar dehşete düşmüşlerdi ki, şaşkınlıkla bataklığa koştular. Ömer ve arkadaşlarının yetişmesine vakit kalmadan, bataklıkta kaybolup gittiler. Ömer, ölenlerin başucuna geldi. Kendisi ile gelmiş arkadaşlarına döndü.

– İstemediğimiz halde kan dökmek zorunda kaldık. Ama biz yapmasaydık, onlar acımadan binlerce gaziyi doğrayacaklardı, dedi ve ilâve etti:

– Artık kırık hançer tehlikesi kalmadı.

Yayını omzuna asmış olan Sungur, bıyıklarını burdu:

– Vazifemizi yaptığımıza göre, bir geyik vurup bu yorgunluk üzerine rahatça karnımızı doyurabiliriz.

Ömer güldü:

– Duracak vaktimiz mi var koca obur? Arkadaşlarımız ve Sultanımız Gazneli Mahmut, düşman üzerine giderken biz burada geyik peşinde zaman mı kaybedeceğiz? Bu ölüleri gömdükten sonra doğru atlara!

Az sonra, açtıkları bir çukura ölü Hinduları gömen, Ömer, Osman Ali ve Sungur, Multan'a doğru yola çıktılar.

On Sekizinci Bölüm

Tar Çölü

Multan'a vardıklarında, önce şehir emirini görmeye gittiler. Ömer kendini tanıttı. Gazneli Mahmut'un vermiş olduğu mühürlü yazıyı ona gösterdi. Yazıyı tetkik eden emir, onlara büyük hürmet gösterdi. Emirlerine hazır olduğunu, ne isterlerse yapacağını söyledi.

Ömer, Sultan'ın ne zaman yola çıktığını sordu. Emir'den şunları öğrendiler:

Sultan, otuz bin en seçkin gazi, iki yüz fedaî ile Gazne'den Multan'a gelmişti. Multan, Hindistan'a yapılan seferlerde hudut şehri olduğundan bütün hazırlıkları Multan'da yapmıştı. Bin yüz kilometre uzunluğunda olan korkunç ve amansız çöle dalacağı için de, su ve yiyecek meselesine çok önem vermişti.

Para, ancak, bugünler için lazımdır, diyerek, hazinesinin kapılarını açmış, her bir ere birer at ve diğer ihtiyaçlarını karşılamak için hepsine toptan elli bin dinar vermişti. Hazırlıklarını bitirdikten sonra da yola çıkmıştı.

Ömer, bunları öğrendikten sonra, hemen yola çıkmaya karar verdi. Emir, onların Gazneli Mahmut'a yetişmek için, çöle dalacaklarını öğrenince sevindi:

– Şansınız varmış, dedi. Komutan Tokta Bey de yarın Sultan'a yetişmek için elli atlısıyla çöle dalacaktı. Sultan Multan'a geldiği sırada Tokta Bey çok hastalanmıştı. Yatağa düştü. Kalkacak hali yoktu. Bu yüzden askerlerini yolladı. Ancak elli adamını yanında tuttu. Şimdi iyileştiği için yola çıkacakmış. Beraber giderseniz hem birbirinize yardımcı olursunuz; hem de saldıracak vahşi hayvanlara veya Hindulara karşı durabilirsiniz.

Gerçekten de, bu çok iyi bir haberdi. Dinlenip istirahat ettikten sonra Tokta Bey'le tanıştılar. Tokta Bey, "Kapı gibi" denecek bir kahramandı. Geçirmiş olduğu hastalığın izleri yüzünde okunuyordu. Daha tam manası ile kendisine gelmediği anlaşılıyordu. Ama o, "Kardeşlerim düşmanla savaşırken, ben yatakta nasıl yatabilirim?" diyordu.

O gün, büyük hazırlıklarla geçti. Gidecekleri yer komşu kapısı değildi. Koskoca bir çölü aşacaklardı. Öyle bir çöl ki, amansız ve korkunç bir ejderhadan farksızdı. Yollarda çeşitli tehlikelerle karşılaşmak bir yana, asıl büyük tehlike, yakan kumlar ve insanın dudaklarını çatlatan, boğazını kurutan sıcak olacaktı. Bir tutam ot, gölge verecek bir yeşil dal parçası bulunmayan çöl, bunaltan sıcaklığıyla insanı çıldırtabilirdi.

Onları hayrete düşüren bir mesele de Gazneli Mahmut'un öyle bir koca ordu ile bu amansız çöle dalabilmiş olmasıydı. Bu uzun ve zorlu yolculuk için iyi bir hazırlık yapıldı. Deriden yapılmış, bal peteği gibi örülmüş çelik zırhlarını yanlarına aldılar. Atların koşum takımlarına ve yayların kirişlerine balmumları çekildi. Dikkatle bütün eksiklikler tamamlandı.

Her bir er için, biner ok alındı. Ayrıca, bellerindeki kılıçlardan başka, yeni kılıçlar da alındı. Gürzler, baltalar ve mızraklar gözden geçirildi.

Sungur, bilhassa yiyecek kaplarına dikkat ediyordu. Yuvarlak vücudu ile oradan oraya koşuyor, Tokta Bey'in at uşaklarıyla şakalaşıp, onları kahkahadan kırıp geçiriyordu. Az zamanda, Tokta Bey'in adamlarıyla kaynaşmış, aranılan bir kimse olmuştu.

Gerek Tokta Bey ve gerekse erleri, gayet sağlam yapılı yiğitlerdi. Hazırlıklar yapılırken, Tokta Bey, bir meydanda ok atmak, mızrak savurmak ve kılıç sallamak suretiyle idman yapmıştı.

Tokta Bey, birçok savaşa girip çıkmıştı. Büyük tecrübe sahibiydi.

Ömer, Osman Ali, Sungur onu çok sevmişlerdi.

Ertesi gün, sabah namazından sonra atlı bir topluluk, arkalarından su dolu kırbaları ve yiyecekleri taşıyan elli deve ile Multan'dan ayrıldı.

İki gün sonra, öğle zamanı bir tepeyi aştıkları zaman Tokta Bey, eli ile ilerisini işaret etti:

– İşte çöl!

Evet, çöl meydana çıkmıştı. O zamana kadar geçtikleri yeşil bitki örtüsü kaybolmuş, yerini bir kum denizine terk etmişti. Müthiş Tar Çölü, kapağı açılmış bir fırın gibi sıcaklık saçıyordu.

Gaziler, besmele ile alev saçan ağzını bir masal ejderhası gibi açmış çöle daldılar. Onları, önce, korkunç bir sessizlik ve bunaltan bir sıcaklık karşıladı. Ne bir bitki, ne bir yaprak ne de bir yeşillik göze çarpıyordu.

Sadece deniz gibi uzanıp giden kumlar ve hareket halindeki kum tepeleri... Kızgın kumlar yakıcı, güneş pişiriciydi. İnsanın beynine işleyen sıcakta, ağızlarını, kulaklarını ve enselerini örtmüş gaziler atların ve develerin üzerinde kumlara bata çıka ilerlemeye başladı.

Çöle dalışlarından üç gün sonra, arkada kalan tepeler morumsu çizgiler halinde görülüyordu. Büyük kum denizi, her tarafı kaplamıştı. Nereye bakılsa gözleri yakan ve insana büyük bir susuzluk hissi veren kum denizi...

Sıcaktan, atlar ter içinde kalıyor, iniltiyi andıran kişnemelerle sanki şikâyette bulunuyordu. Güneş, o kadar yakıyordu ki atların eyer kayışlarına ve üzengilerin demirlerine elle dokunulamıyordu. Gazilerin tunç yüzleri ter içinde idi. Börklerinin içine sıkıştırdıkları bezler, yüzlerini ve enselerini tozdan ve yakıcı güneşten koruyorsa da harareti önleyemiyordu.

Ama bu sıkıntılı yolculuk hiç birinin neşesini kırmamıştı. Konuşuyor, şakalaşıyorlardı.

Çöldeki yolculuklarının onuncu gününde, bir kum tepesine yaklaştıklarında yüz elli, iki yüz kişilik bir Hindu topluluğu ile karşılaştılar. Sağ ve sol yanlarından birer toz bulutu koptu. Dikkatle baktıklarında iki yüz kişiyi bulan iki Hindu topluluğu tarafından sarılmak istendiklerini anladılar.

Develere binmiş Hindular, çığlıklar atarak, kılıç ve mızraklarını sallayarak geliyorlardı.

Tokta Bey haykırdı:

– Davranın yiğitler! Hemen bir halka çevirin. Onları oklarla devirin. Çok yaklaştıklarında, topuzlarınıza ve kılıçlarınıza el atarsınız.

Gaziler atlarının yüzlerini, Hinduların geliş istikametine çevirerek bir daire yaptılar. Yaylarına oklarını yerleştirdiler. Cins ve talimli atlar, sahiplerinin ok atmaya hazırlandıklarını anlamışlar, kıpırdamadan duruyorlardı. Su ve yiyecekleri taşıyan develer, çevrilen dairenin ortasına alınmıştı.

Hindular dört bir yandan saldırıya geçtiler. Tokta Bey'in işareti ile yaylar gıcırdadı ve oklar vızıltılarla uçuştu. İlk anda on beş Hindu'nun develerinin üzerinden aşağıya yuvarlandıkları görüldü. Ama onların da savurdukları oklar, iki gazinin yere yuvarlanmasına sebep oldu.

Gaziler, yaylarına süratle yerleştirdikleri oklarını tekrar düşmana fırlattılar. Yirmi yirmi beş Hindu daha yerde... Hindular, zorlu bir düşmanla karşılaştıklarını anlamış olacaklar ki, çığlıklar atarak ok menzilinden uzaklaştılar.

Tokta Bey tekrar haykırdı:

– Yiğitler! Hazırlığınızı tam yapın. Topuzlarınızı ve kılıçlarınızı hazırlayın. Düşman bu defa şiddetli bir saldırı yapacak.

Tokta Bey'in tahmini doğru çıktı. Hindular aralarında bir konuşma yaptıktan sonra tekrar saldırışa geçtiler. Vınlayan Türk okları on beş yirmi tanesini daha devirdi. Ama ikinci oku göndermeye zaman kalmadan, Hindularla burun buruna gelindi. Gaziler, yaylarını bırakarak kılıçlarına ve topuzlarına el attılar. Düşmanın şimşeklenerek uçan mızrakları birkaç gaziyi daha yere devirirken kanlı bir çarpışma başladı.

Ömer, karşısındaki bir Hindu'nun topuzlu elini bileğinden kesip attı. Acı bir çığlık atan Hindu, devesinin başını geriye çevirerek, uluyarak kaçtı... Diğer bir Hindu'nun da boynunu uçuran Ömer, Kasırga'yı sağa çevirdi.

Çünkü Tokta Bey, üç, dört Hindu arasında sıkışmıştı. Atını, onların develeri arasında döndürerek çarpışıyordu.

– Yettim Tokta Beyim, diye haykırdı. Sonra bir çığ gibi saldırışa geçti. Bir ölüm kasırgası gibi esti. İki Hindu acı çığlıklar koparak, ipleri kopmuş çuvallar gibi develerden aşağıya yuvarlandılar. Birinin ayağı üzengiye takılmıştı. Deve çılgınca kaçarken, sahibinin başı kumlarda sürükleniyordu.

Tokta Bey de diğerlerini haklamıştı. Diğer gazilerin dövüşleri de bunlardan farksızdı. Hinduların sayısı kalkıp inen kılıçlar veya savrulan topuzlarla gittikçe eksiliyordu.

Biraz geride durarak çarpışmayı idare etmiş olan Hindu reisi, tamamen yok olacaklarını anlamış olacak ki peş peşe üç ıslık çaldı. Islık sesini duyan Hindular, çarpışmayı kestiler. Arkalarında bir toz bulutu bırakarak kaçtılar.

Savaş hakkında konuşulurken, Sungur'la, Tokta Bey'in at uşağı İlter'in üzüntülü çığlıkları duyuldu. Dokuz devenin su dolu tulumları, isabet eden mızrak ve oklarla delinmişti. Savaş heyecanı ile kimse farkına varamamıştı. Geriye yedi deve yükü su kalıyordu ki, yirmi beş gün devam edecek yolculuk için bu yetmezdi.

Herkesi bir üzüntü kapladı. Şimdi ne olacaktı? İnsanın dilini damağını kurutan bu güneş altında, bu su ne kadar zaman yeterdi. Develer susuzluğa dayanıklıydı ama atlar ne yapacaktı? Atlar, insandan fazla su içiyorlardı. Üzülmenin veya düşünmenin artık bir çaresi yoktu. Kalan suları, çok idareli kullanmaya karar verdiler.

Ertesi gün, Tokta Bey Multan'daki hastalığına tekrar yakalandı. Ateşler içinde kıvranıyor, kendini kaybediyordu. Onu bir yerde durarak istirahat ettirmek de mümkün değildi. Kahraman Tokta Bey, zaman zaman kendini zorlayarak toparlanıyor:

– İleri yiğitler! Durmaksızın ileri! Siz bana bakmayın, kendimi toparlarım. Yeter ki bir an evvel çölden çıkalım, diyordu.

Cehennemi sıcak altındaki yürüyüş, günden güne daha fazla ıstırap verici oluyordu. Dört gün sonra, dört tulum suları kalmıştı. Hem de, suyu o kadar idareli kullandıkları halde... Su, artık dudakları ıslatacak kadar veriliyordu. Hareket günden güne artıyor, gaziler gittikçe kuvvetten düşüyorlardı. Öğleye doğru gazilerden biri yere yıkıldı. Ağzından ve burnundan kan gelmeye başladı. Bütün gayretlere rağmen onu kurtarmak mümkün olmadı.

Çöle dalışlarının yirmi birinci günüydü. Atları yormamak için yaya yürüyorlardı. Kumlara bata çıka giderken Ömer, bir pırıltı üzerine başını sağ tarafa çevirdi. Bir tepede, at üzerinde bir Hindu belirmişti. Atın üzerinde dikilen adam, elindeki boynuz boruyu dudaklarına götürdü. Üç defa acı acı öttürdü. Ses uzak mesafelere kadar yayıldı.

Adamı görünce Ömer gözlerini ovuşturdu. Acaba yanlış mı görmüştü? Ama buna imkân yoktu. Hadi, atlı hayalse, boru sesi de hayal değildi ya!

Boru sesi kesilmişti ki, tepelerin üzerinde yüzlerce Hindu belirdi. Ellerindeki mızraklar güneş ışıklarında parıldıyordu. Sıcak, susuzluk, yorgunluk yetmezmiş gibi, bu yeni belâ da, nereden dikilmişti karşılarına?

Büyük bir güçlükle doğrulan Ömer haykırdı:

–Düşman karşımızda!

Bütün gaziler atlarına atladılar.

Ömer, Tokta Bey'e seslendi:

– Tokta Beyim ne emredersiniz? Nasıl karşılayalım bu leş kargalarını? Hastalıktan kıvranan Tokta Bey, halsiz bir sesle cevap verdi:

– Yiğit! İdare sende! Hastalık hal bırakmadı bende gayrı. Kararı sen ver. Komutan sensin!

Tokta Bey bu sözleri büyük bir güçlükle söyleyebilmişti. Son kelimeler ağzından adeta fısıltı halinde çıktı. Gözleri karardı. Attan aşağı devrilirken uşağı yetişerek onu kucakladı. Yere uzattı.

Ona yardım edecek zaman yoktu. Ağır ağır atlarını üzerlerine süren Hindulardan gözlerini ayırmayan Ömer, sert bir sesle komutunu verdi:

– On beş gazi, ben ve Osman Ali, sağdan gelenlere saldıracağız! Mustafa! Sen de diğer gazilerle soldakilere... Sungur ve diğerleri, develeri koruyacaklar!

Mızraklarınızı, kılıçlarınızı her an çekmeye hazır olun.

Ömer sözlerini bitirmişti ki, Hindular acı çığlıklarla saldırışa geçtiler. Sağdan, soldan, kopup gelen toz bulutları, havaya yükseldi.

Gaziler, oklarını birbiri ardı sıra savurmaya başladılar. İlk anda düşmana oldukça ağır kayıplar verdirildi. Ama kayıplarına aldırmayan Hindular, az zamanda yiğitlerle göğüs göğüse geldiler.

Kılıç şakırtıları, acı çığlıklar, at kişnemeleri ortalığı kapladı.

Kendini toparlamış olan Tokta Bey de, İlter'in yardımı ile tekrar bindiği atının sırtında çarpışıyordu. Az zamanda açıldı. Aslan gibi kükrüyor, vuruyor, kesiyor, parçalıyor, çığ gibi çiğneyip geçiyordu. At uşağı İlter de onu takip ediyor, düşmanla çarpışırken, göz ucu ile Tokta Bey'in her an yardımına koşmak için tetikte duruyordu.

Çarpışma yarım saat kadar devam etti. Hindular, her geçen saniye eriyor eriyor eriyordu. Birden duyulan yeni bir boru sesi ile Hindular kaçmaya başladılar. Hinduları takip etmediler. Herkes, durumunu gözden geçirmeye başladı. Ömer kayıp var mı, yok mu, düşüncesi ile erleri kontrol ederken Sungur'un acı bir çığlığı ile irkildi. Geri dönüp baktı.

Sungur dövünüp duruyor, inim inim inliyordu. Ömer sordu:

– Ne oldu bre? Ne dövünüp duruyorsun?

– Mahvolduk beyim! Mahvolduk!

– Neden mahvolmuşuz be? Düşmanı kaçırdık ya? Görmüyor musun toz olup gittiler.

– Kaçtıkları için mahvolduk ya beyim!

Ömer sordu:

– Nedenmiş o?

– Çünkü su!

– Eeee ne olmuş suya?

– Suyumuzu da çalıp götürdüler beyim! Su yüklü develeri!

– Neeeee?

O anda, yedi sekiz ağızdan birden üzüntülü çığlıklar fırlayıverdi. Herkes, şaşkın şaşkın birbirine baktı. Şaşırmak sırası, belki de dövünmek sırası şimdi onlarda idi. İşte şimdi mahvolmuşlardı.

Ömer, bitkin bir halde:

– Gerçekten de mahvolduk dostlar! İşte şimdi mahvolduk, diye mırıldandı.

Suyun çalınması demek, çölde hepsinin susuzluktan kavrularak ölmeleri demekti. Nasıl olmuştu da develeri çaldırmışlardı. Birbirlerini de suçlamaya hiç birinin hakkı yoktu. Hindular oldukça kalabalıktılar. Herkes başının derdine düşmüştü.

Ama bu ümitsizlik hali çabuk geçti. Yiğitler hemen kendilerini toparladılar. Olan olmuştu bir kere... Ölüme çare yoktu.

Hava kararmaya başlamıştı. Çölde, güneşin batışı çok hoş oluyordu. Ama şimdi kimsenin bu güzelliği görecek hali yoktu. Sessizliği, Osman Ali bozdu:

– Arkadaşlar! Ne düşünüyorum biliyor musunuz, dedi.

– Yüzdük yüzdük kuyruğuna geldik de, tam çölü aşacağımız sırada susuz kaldık.

– Amaan, canım sende! Allah kerim... Ümitsizliğe kapılmayalım.

– Pek tabii! Bu hususta şükürler olsun ki inancımız tam.

– Öyle ise mesele yok. Yüce Allah'ın yardım ve rahmet kapıları çoktur. Ömer de söze karıştı:

– Doğru... Cenabı Hak yardımını eksik etmez. Şimdiye kadar ne tehlikeler atlattık. Öldük mü? Öldürmeyen Allah öldürmez.

On Dokuzuncu Bölüm

Susuzluk

Ertesi gün, kızgın güneş altında yine bunalmışlardı. Dudakları çatlamış, boğazları kurumuştu. Hayaletler gibi süzülüp durmaktaydılar.

İkinci gün, susuzluk dayanılmaz bir hal almıştı. Ancak, ihtiyat olarak saklanmış iki mataradaki su ile dudaklarını ıslatmaya çalışıyorlardı. Kimse konuşmuyordu. Gözler, buğu yükselen çölün kumlarındaydı. Sıcak, gözleri yakıyordu. Yiğitler atlarından inmişlerdi. Çünkü zavallı hayvanlar da perişandı. O sessizlik içinde Tokta Bey'in bütün gazilere hitap eden sesi duyuldu:

– Dostlarım! İçecek suyumuz hiç denecek kadar az. Bir talihsizlik, bizi çok güç durumda bıraktı. Yolculuğumuzun bitmesine de, sanırım yedi sekiz günlük bir zaman var. Allah'ın rahmet kapıları çoktur. Çöl de olsa, her hangi bir yerden muhakkak ki rızkımızı verecektir. Yalnız biz de boş durmayarak çevrede su bulmaya çalışmalıyız.

Ömer cevap verdi:

– İnşallah bu zaman zarfında bir kaynak buluruz Tokta Beyim!

Ertesi gün, doğan güneş, düşe kalka giden bitkin insanlar gördü. Sıcak, yine beyinlere işliyordu. Tokta Bey'le, Ömer'in ardından gelen at uşakları bu durumda bile kavgadan vazgeçmiyorlardı.

İlter:

– Yaptığını beğendin mi? İnsan, hiç su yüklü hayvanları başıboş bırakır mı? Şimdi şu çektiğimiz sıkıntı hep senin yüzünden.

Sungur, bu sözlere fena kızdı:

– Ya senin görevin neydi asilzadem? Sen niye dikkat etmedin?

– Benim beyim güç durumda idi. Yardım etmem lâzımdı.

– Ya benimki? Ömer'i yedi, sekiz Hindu sıkıştırmıştı. O anda benim hayvanları bekleyecek sabrım mı kalmıştı.

– Sabrın yoksa şimdi dilin susuzluktan bir karış sarkarken görürsün gününü!

– Niye bana yükleniyorsun be? Sen de alt tarafı bir at uşağı değil misin?

İlter kasıldı:

– At uşağıyım ama senden farklı bir uşak... Kafile komutanının at uşağı...

– Bu lâfına güleyim bari. Peki, ne farkın var bizden.

– Ne farkı mı? Anlamamak için ancak Sungur olmak lâzım galiba... Ama dur da açıklayayım. Benim beyim. Tokta Bey, buradakilerin hepsinin komutanı değil mi?

– Komutanı! Eeee ne olmuş yani komutanı ise.

– Benim beyim, buradaki herkesin, senin de beyinin komutanı olduğuna göre, ben de, bütün at uşaklarının komutanıyım. Şimdi anladın mı ha?

Sungur, zoraki bir kahkaha attı:

– Ha ha! Komutana bak, komutana! Pabucumun komutanı... Komutanlık sana ne de yakışıyor ya... At üstüne binmiş karga.

– Bre bu nasıl söz? Şimdi ben sana...

İlter sözünü bitiremeden, Ömer, geri dönerek bağırdı:

– İlerde ağaçlar var!

Hint horozu gibi kabarmış İlter, bu söz üzerine sesini kesti. Herkes heyecanla karşıya baktı. Evet! Evet! Karşıda ağaçlar vardı. Bir vaha belki de bir vahaya varmışlardı. Sevinç çığlıkları yükseldi:

– Su! Su!

– Nihayet suya kavuştuk!

İlter dayanamadı:

– Beyim! Tokta Beyim! Suya nasıl olsa kavuştuk. Boğazlarımız öyle kurudu ki, hem de ne kuruyuş... Orada nasıl olsa bol su vardır. Ama ancak akşama varırız oraya. Bu arada elimizdeki suyu içsek.

Tokta Bey biraz düşündü. Ömer'le de konuştuktan sonra, ihtiyattaki suyun paylaşılmasına karar verdi. Paylaşılan su, hepsine canlılık getirdi.

İkindi namazı, gördükleri ağaçlara vardılar. Ama onları hiçte hoş olmayan bir sürpriz bekliyordu. Ağaçlar, kuru ve yapraksızdı. Etrafında belki de, yıllarca evvel dizilmiş taşlar bulunan bir kuyuda da, tozdan başka bir şey yoktu. Hepsi dehşet içinde kaldılar. O anda, kendini kaybetmeyen Tokta Bey'in sesi duyuldu:

– Kuyuyu kazın bakalım! Her halde bir kaynağı vardır.

Dört yiğit, kuyuyu kazmaya başladılar. Ama bir iki kulaç derine indikleri halde ıslaklığa rastlamadılar. Yüzlerde üzgünlük perdesi gerildi. O sırada bile Tokta Bey duruma hâkim olmasını bildi.

– Yiğitlerim, dedi. Bizler ümitsizliğe düşecek insanlar değiliz. Allah'a sığınan teslim olan kullarız biz. O'nun rahmetinden ümit kesmeyiz. Gelen belâlara sabır ederiz.

Akşam yemeklerini bir kaç lokma ile geçiştirdiler. Tek tük kelimelerle konuşuldu. Sonra, herkes, kumların üzerine yaydıkları battaniyelere uzandı.

Kimisi hemen uyudu; kimisi de gözlerini gökte mücevher gibi parıldayan yıldızlara dikerek hayale daldılar.

Sabah namazından sonra yemek yendi. Tekrar yola koyuldular. Güneş, kızgın ateşleriyle çölü tekrar yakmaya başlamıştı. Dizginlerinden çekilen atlar da ölgün ölgün yürüyordu. Kumlar ateş gibi yanıyordu. Sanki kocaman bir fırının ağzı açılmış da, harıl harıl yanan alevlerin sıcaklığı yüzleri yalamaya başlamıştı.

Hepsi susuzluktan yanıyordu. Sanki damarlarındaki kanlar kurumuştu. Hepsinin aklı, rastlayacakları bir vahadan içecekleri sudaydı.

Öğleye doğru, atlardan biri ayakları üzerine çöktü. Ağzından ve burnundan kan boşandı. Şiddetli bir titreme ile vücudu sarsıldı. Beyaz derisi ürperdi. Gözleri yavaş yavaş söndü.

Hiç birinin ölen atı gömmeye hali yoktu. Gözleri nemlenerek, gölgeler gibi ölü hayvanın yanına geçtiler. Önde giden gazilerden biri "Su! Su!" diye inleyerek kuma düştü. Kumları yemeye başladı. Yanındaki arkadaşı, onu kaldırmaya çalışırken, o da inleyerek yere düştü. İnleyerek kendinden geçti. Ömer, endişe ile onlara bakarken, Osman Ali'nin de inleyerek yere yuvarlandığını gördü. Arkadaşlarına doğru yürümek istedi; ama birden onun da dizleri büküldü. Düşerken, uzakta bir kum tepesinin üzerinde bir şeyler görür gibi oldu.

Yanına baktı. Tokta Bey de yanına düşmüştü. Kendisini zorlayarak başını kaldırdı. Kum tepesine baktı. Atlara, develere binmiş bir kalabalık görür gibi oldu. Gözleri bulandı. Acaba?

Başı tekrar düşerken düşündü. Sakın serap görmüş olmasın.

Ama yine de ümitle Tokta Bey'in omzunu dürttü. Tokta Bey sordu:

– Ne var Ömer? Ne oldu?

– Bir kafile gördüm! Şu ilerdeki tepede... Bakın...

Tokta Bey, heyecanlandı. Büyük gayret sarf ederek, Ömer'in işaret ettiği tepeye bakmak için doğruldu. Ömer de, son gayretiyle başını kaldırdı.

Ama ne yazık ki kafile filân yoktu...

Ömer şaşırdı ve utandı. Demek, yanılmıştı.

– Özür dilerim Tokta Bey! Ben de serap görmüşüm. Sizi yanılttım.

– Zararı yok oğul! Bir anlık da olsa, su hayalî ile sevindirdin ya beni... Anlaşılan sonumuz yaklaştı. Artık şehadet getirmek lâzım.

Ömer cevap vermedi. Kıpırdayan dudaklarından kelime-i şehadet getirdiği anlaşılıyordu. Birden başı kumlara düştü. Hareketsiz kaldı.

Yirminci Bölüm

Beklenmeyen Yardım

Ömer, dudaklarına değen bir serinlikle gözlerini açtı. Su! Su! Rüya mı görüyordu. Başucunda bir karaltı vardı. Gözlerini kırpıştırdı. Bir karaltı halindeki görüntü, şekillendi şekillendi. Üzerine eğilen genç bir kızdı... Sita... Evet, Sita...

Ömer:

– Sita! Sita! Sen misin? Rüya değil ya bu, diye mırıldandı.

Ömer'in çatlak dudaklarına elindeki ıslak mendilden damla damla su damlatan Sita, sevinç ve heyecanla haykırdı:

– Evet, benim, Ömer! Ben Sita!

– Nasıl gelebildin? Nasıl aşabildin bunca çölü?

Sita, parmaklarını Ömer'in dudakları üstüne koydu.

– Sus! Yorma kendini. Hepsini anlatacağım. Kendini topla önce.

– Yok iyiyim Allah'a şükür. Arkadaşlarım, arkadaşlarım nasıl?

Hepsi iyi... Kalkma...

– Ohhh çok şükür. Biraz daha su.

– Peki! Vereyim! Ama birden içme ne olur.

Sita bunu söyledikten sonra, yanındaki su kabını Ömer'in dudaklarına dayadı.

Az sonra, Sita, onun içtiği suyu yeterli görerek su kabını çekti. Ömer:

–Ya Rabbi şükür, dedi.

Birkaç dakika gözlerini kapatarak büyük bir hazla dinlendi. Dirilmiş, canlanmıştı. Sonra başını Sita'nın dizinden kaldırarak oturdu. Arkadaşlarının da kendilerine su veren, yeni gelmiş askerlerle sohbet ettiklerini görerek sevindi. Sita'ya sevgi ile bakarak sordu:

– Peki, sen nasıl gelebildin buraya?

– Dur anlatacağım! Biraz daha kendini topla da.

Gaziler, az zamanda kendilerini toplamışlardı. Akşamın serinliği bastırırken, mücevher pırıltıları gibi ışıldayan yıldızların bambaşka güzellik verdiğini, çölün serin ve temiz havası hepsini canlandırmıştı.

Yeni gelen, on gazi Ömer'in arkadaşları ile konuşurken Ömer, de Sita'yı dinliyordu.

–Sen suya atladıktan sonra, çılgına döndüm. Seni yakalayıp öldürecekler diye, o kadar korkmuştum ki... Seni yakalayamadıklarını görünce çok sevindim. Ama onların da sandıkları gibi ya bataklığa saplanıp kalmışsan?

Senin kolay kolay ölmeyecek, bataklıkta boğulmayacak biri olduğunu düşünerek teselli ettim kendimi. Yokluğunla birlikte beni alev alev yakan bir ateş benliğimi sarmıştı. Artık orada duramazdım. Kaçmak, seni bulmak istiyordum.

Bir fırsatını bularak kaçtım. Multan'a varmadan, oradaki caminin imamı ile karşılaştım. Senin sağ olduğunu ve çöle daldığını ondan öğrendim. Sevinçten çıldıracaktım nerdeyse...

İmam Efendi, benim ille de çöle dalacağımı öğrenince, o sırada savaşa katılmak için oradan geçen on beş gazinin yanına beni de kattı.

O gece, Tokta Bey Ömer'le Sita'nın nikâhını kıydı.

Ömer'in bütün endişesi Sita oldu. Onun, çölde ıstırap çekmesinden çekiniyordu. Çölden çıktıktan sonra, Türk ordusunun Hindularla yapacakları savaş da durumu ne olacaktı. Bu da ayrı bir dertti. Ama Sita gülümseyerek:

– Hiç düşünme beni! Ben de kılıç sallar, kargı dürterim. Sen de yanımda olduktan sonra bu çöl benim için cennetten farksız, diyordu.

Artık yolculuğun sonuna varmışlardı. Uzaklarda ağaç karaltıları fark edilmeye başlamıştı. Atların yarısını sıcaktan ve susuzluktan can çekişir halde bıraktılar. Dayanıklı bir at olan Kasırga'ya, Ömer, Sita'yı bindirmişti. Kendisi de dizginleri tutmuş; ayaklarını sürüye sürüye ilerliyordu. Diğerlerinin de hali, ondan farksızdı.

Birden Sita'nın çığlığı ile irkildiler. Onun, parmağı ile arkalarında kalan yolu gösterdiğini gördüler. Dikkatle baktıklarında, bir kum tepesini aşan develiler ve atlılar görünüyordu.

Yirmi Birinci Bölüm

Beci ve Ölüm

Tokta Bey, "Dur!" emrini verdi. Gaziler, derhal savaş durumuna geçtiler. Yaylar, oklar, kılıçlar, gürzler ve kargılar gözden geçirildi. Bu arada, arkadaş gelenler iyice seçilmeye başladılar. Altmış kişi kadar vardı. En önde çok süslü elbiseli biri görülüyordu. Sita:

– Beci, diye haykırdı.

Evet, gelenler Beci ve adamları idi.

Ömer:

– Şiddetli bir çarpışma olacak, dedi. Sultanımız Gazneli Mahmut, çöl dışında Siva'ya tapanları temizlerken çölde de bizim hissemize düşenler bunlar galiba.

İyice yaklaşan Beci'nin bağırması duyuldu:

– Sita! Sita! Teslim olun! Seni o uğursuz Türk'e bırakmayacağımı bilmen gerekirdi. Ülkemizde gebertemedim ama şimdi senin gözlerinin önünde onu bir it gibi geberteceğim.

Ömer de yüksek sesle cevap verdi:

– Beci! Bir it gibi uluyacağına, erkek gibi saldır! Haydi bekliyorum.

Hindular arasında bir duraklama oldu. Sonra, atlarını ve develerini sürerek saldırışa geçtiler. Gaziler, onların ok menziline girmesini bekliyorlardı. Tokta Bey'in işareti ile oklar uçtu. Yedi sekiz Hindu hayvanlarından aşağı yuvarlandılar. İkinci defa oklar uçarken, göğüs göğüse gelindi. Bu ikinci atışta dört beş Hindu daha devrilmişti.

Bir anda acı çığlıklar, öfkeli bağırtılar ve birbirine çarpan kalkanların gürültüsü duyuldu. Şimşek parıltıları gibi kalkıp inen kılıç şakırtıları çölün derinliklerine yayıldı.

O kadar yorgun oldukları halde, gaziler, fırtına gibiydiler. Ömer, karşısına çıkan Hindu'nun bir vuruşta kalkanını parçalamış, ikinci vuruşta adamın kellesini uçurmuştu. Sonra, üç dört kişi arasına daldı.

Tokta Bey, iki kişiyi devirmişti. Bir ölüm pervanesi gibi savurduğu kılıcı rastladığı düşmanı ikiye biçiyordu. Sanki az önceki bitik ve halsiz Tokta Bey o değildi. Ya diğer gaziler? Onların da, Ömer'den ve Tokta Bey-den farkları yoktu. Onlar da vuruyorlar, deviriyorlar birer aslan gibi saldırıyorlardı.

Az zamanda dövüş yerini acı çığlıklar ve tekbir sesleri inletti.

Bu savaş, gaziler için bir ölüm kalım savaşıydı. Hindular da bütün gayretlerini sarf ediyorlardı. İlk saldırıda on beş yirmi cengâver kaybetmiş olmaları gözlerini korkutmuştu. Ama gazilerden de bu çarpışma sırasında vurulup yere düşenler vardı.

Bir aralık Tokta Bey, dört Hindu arasına sıkıştı, arkadan yediği bir kılıç darbesi, başındaki tolgayı yere uçurdu. Gür kara saçları, hareketin verdiği rüzgârda uçuşmaya başladı. Koca yiğit, destan kahramanı gibi çarpışıyordu. "Allah! Allah!" nidaları ile savurduğu kılıç, rastladığı kimseyi cehenneme gönderiyordu. Yanına yaklaşmak mümkün değildi. Biraz geriye çekilmiş, dev gibi iri bir Hindu kocaman bir hançeri ona doğru fırlattı. Havada uçan bir yılan gibi vınlayarak süzülen hançer, Tokta Bey'in göğsüne gömüldü.

"Allah!" diye haykıran Tokta Bey, atının üzerinde eğildi. Hinduların sevinç çığlıkları arasında atının boynuna doğru yattı.

Gözleri karardı ve atının sağ yanına doğru düştü. Tokta Bey'in atı, sahibinin kellesini kopartmak için yere atlamış bir Hindu'ya öyle bir çifte attı ki, acı bir çığlık koparan Hindu dört beş metre yükseğe fırlayıp bir pelte gibi yere düştü. Hırsını alamayan sadık hayvan çılgın gibi eşiniyor, sonra da başını kaldırarak tekrar acı acı kişniyordu.

Tokta Bey yere düştüğü sırada, Osman Ali de, yüzüne inen bir kılıç darbesi ile elini kanlı yüzüne kapayarak:

– Allah, deyip yere yıkıldı.

Onun yanında çarpışan Ömer, Osman Ali'nin şehit düştüğünü görünce, çılgına döndü.

– Allah! Allah! Savulun bre, diye haykırdı. Bir anda savurduğu kılıçla, üç dört Hindu'yu biçti. Acı çığlıklarla yere serilmiş, Hindu erlerin üzerinden geçerek, Osman Ali'nin yanına koştu. Sevgili arkadaşının başucuna çömeldi. Ne yazık ki, o mert Osman Ali de dünyasını değiştirmişti.

Beci, savaş boyunca Ömer'i mızraklamak için fırsat kollamıştı. Onun, Osman Ali'nin üzerine eğildiğini görünce, elinde uzun zamandır tuttuğu mızrağını savurdu. Ömer'in peşinden gelen Sita, mızrağın geldiğini görünce:

– Ömer dikkat et, diye bağırırken Ömer'in önüne geçti.

Havada, bir yılan gibi şimşeklenerek uçan mızrak, Sita'nın göğsüne hışırtı ile gömüldü. Ucu, sırtından çıktı.

Ömer, ayağa fırladı. Yıkılmak üzere olan Sita arkasından tuttu. Yavaşça yan yatırdı. Sita'nın dudaklarının arasından kan süzülmeye başladı. Dudaklarını kıpırdattı. Ömer eğildi. Sita'nın fısıltı ile şunları söylediğini duydu:

– Ömer! Ömerim! Beni unutma! Unutma beni!

Fısıltı, iyice yavaşladı, yavaşladı ve tamamen kesildi. Sita hafifçe titredi ve hareketsiz kaldı. Şaşkına dönmüş olan Ömer, onun gözlerini elleri ile kapattı. Gözlerinden yaş akıyordu.

Sonra ayağa kalktı. Dövüşenlere baktı. Hindular pek çok kayıp vermişlerdi. Ama gazilerin de sayıları oldukça azalmıştı. Ömer az ilerde kendisine sırıtarak bakan Beci'yi gördü.

Çılgın gibi haykırdı:

– Beci! Beci! Korkak çakal! Ancak leşlere diş geçiren kalleş Beci! Niye erlerinin arkasına saklanırsın. Çık karşıma.

Bir kahkaha atan Beci, sinir bozan bir sesle cevap verdi:

– Gazneli! Seni ta kalbinden vurdum. Yaşasan da bu acıyı ömrün boyunca unutamazsın. Sita benim olmadı ama senin de olmayacak. Sana fırlattığım mızrak, gerçi senin göğsüne saplanmadı ama rüzgârı senin can evine işledi. Ölsem de gam yemem artık.

Sözlerini bitirmişti ki, gözleri korku ile açıldı:

– Saldırın, diye adamlarına bağırdı.

Çünkü Ömer saldırmıştı. Buna Ömer saldırmıştı değil, bir fırtına esiyordu demek daha doğru olur. Ömer, bir dev, bir ejderha gibi saldırıyordu.

Gözleri çakmak çakmak olmuş, adaleleri gerilmişti. Yakaladığı bir mızrağı, önüne dikilen bir Hindu askerine sapladı. Mızrağı geri çekmesine vakit yoktu. Mızrağın sapını bıraktı. Belindeki kılıcı çekerek diğer iki Hindu'ya saldırdı. Beci, askerlerinin Ömer'i durduramayacağını anlamış olacak ki, kaçmaya başladı. Atını bekleyen uşağının elinden atın dizginlerini kaparak ata atladı. Atın başını çevirerek topukladı.

At, peşinde bir toz bulutu bırakarak koşmaya başladı.

Ömer, karşısındaki iki Hindu'yu hakladıktan sonra etrafına baktı. Hindulardan kimse kalmamıştı. Gaziler, yaralı veya şehit arkadaşlarının başuçlarına çömelmiş, onlarla meşgul oluyorlardı.

Beci ise, ilerde ince bir toz bulutunun ardında kayboluyordu. Onu kaçırmaması lâzımdı. Bir ıslık çaldı. Kasırga, kişneyerek geldi. Ömer, derhal onun üstüne atladı. Süratle sürmeye başladı.

On beş dakikalık bir yarıştan sonra, Beci'ye yetişti. Atlar kumların üstünde koşmaktan yorulmuşlar kan ter içinde kalmışlardı. Kaçamayacağını anlayan Beci, kılıcını çekerek Ömer'i karşıladı. Ömer, bir kartal gibi süzüldü. Vurduğu kılıç darbesi, Beci'nin kılıcını elinden fırlattı. Beci korku ile bakarken, silâhsız bir düşmana silâhla saldırmayı şerefsiz bir hareket sayan Ömer de kılıcını yere attı.

Ömer'in kılıçsız kaldığını gören Beci, elini beline atarak bir hançer çekti. Ömer, onun hançerini kullanmasına fırsat vermeden, avının üzerine saldıran şahin gibi üzerine atladı.

İkisi de, atlarının üzerinden yuvarlanarak kumların üzerine düştüler. İki vücut, kumlar üzerinde alt alta üst üste boğuşmaya başladılar.

Birden, acı bir çığlık duyuldu. Ömer, Beci'nin üzerinden, yana kumların üzerine düştü. Gözlerini kapattı. İki vücutta, kumun üzerinde bir müddet hareketsiz kaldılar. Acaba ne olmuştu? Ömer, ölmüş müydü?

Az sonra, iki vücuttan biri ağır ağır doğruldu. Bu Ömer'di. Hançer, Beci'nin kendi hançeri, sapına kadar Beci'nin göğsüne gömülmüştü. Beci hareketsiz yatıyordu...

Ömer, atına güçlükle binebildi. Arkadaşlarının yanına giderken, Sita'nın vuruluşu, Osman Ali'nin kahramanca şehit oluşu gözlerinin önünden gitmiyordu. Boğazına yumruk gibi bir şey tıkanmış onu sıkıyordu.

Yüreği kan ağlayarak arkadaşlarının yanına geldi. Arkadaşları çok azalmıştı. Ancak beş altı kişi kalmışlardı.

Sanki on yıl ihtiyarlamıştı. O yiğit Ömer, bitmiş, çökmüştü. Ömer, Sungur'un elini omzuna koyması ile kendine geldi. Başını döndürerek Sungur'a baktı. Sungur:

– Acını anlıyoruz beyim, dedi. Ama ölenle ölünmez.

Ömer, ses çıkarmadan doğruldu. Yavaş adımlarla atına doğru yürüdü. Atına bindi. Tekrar, çevreye bir göz attı. Sonra atını sürdü.

Hepsi de kalpleri kan ağlayarak, o sevgili dostları temsil eden kum kümelerini geride bıraktılar...

Yirmi İkinci Bölüm

Sevilen Yiğitler

Öğleye doğru, uzakta yeşilliklerin belirdiğini gördüler. Çöl, o amansız ve zalim çöl nihayet bitmişti. Ama hiç birinde sevinç görülmüyordu. Daha önce, bu anı büyük bir arzu ile bekleyen yiğitler, sanki çölün bittiğini görmemişler gibi duruyordu. Kurtulmaya çalıştıkları bu çöl en kıymetli dostlarını çekip bağrına almıştı. İradelerini kıramadığı, amansız sıcağı, korkunç sessizliği ve çıldırtacak susuzluğu ile yıldıramadığı yiğitlerden hiç olmazsa bu şekilde intikam almak yoluna gitmişti sanki.

İkindi vakti, güzel bir köye vardılar. Köy, on beş yirmi evden ibaretti. Onları gören Hintli çocukları, sevinçle koştular. Az sonra, çevreleri Hint köylüleri ile dolmuştu. Gazilere karşı düşmanlık değil, sevgi gösteriyorlardı.

Yine de Ömer, arkadaşlarına, dikkatli bulunmalarını silâhlarını her an çekmeye hazır olmalarını söyledi. Gerçi, etraflarını çevirmiş bu çoluk çocuk ve kadınlardan bir fenalık gelmesi beklenemezdi; ama yine de tedbiri elden bırakmamak gerekliydi.

Köylülerin içinde en yaşlıları, Ömer'in atının dizginini tuttu:

– Siz de onlardan mısınız, diye sordu.

– Hangi onlardan?

– Dün sabah buradan ayrılmış olan ordudan. Gaznelilerden? Sultan Mahmut'un ordusundan? Onlar da sizin gibi giyinmişlerdi.

Ömer'in sevinçle gözleri parladı. Arkadaşlarına dönerek:

– Ordumuz! Sultanımız buradan geçmiş. Hem de dün sabah bu köyden ayrılmışlar. Yetiştik öyle ise, diye haykırdı.

Gazilerin hepsi üzüntülerini unutmuşlar, büyük bir sevince kapılmışlardı.

İhtiyar adam ve yanındaki Hintliler, Müslüman-Türk ordusundan büyük bir sevgi ile bahsediyorlardı.

Biri:

– Biz, Gazne ordusunu görünce büyük bir korkuya kapılmış, evlerimizi terk ederek kaçmıştık. Çok yaşlı olan birkaç kişi ile yeni doğum yapmış bir kadın evlerinden ayrılmamıştı. Biz, artık onların kurtulamayacağını düşünüyor, köyümüzün yakılıp, yıkılacağını sanıyorduk. Ormanlara sığınmıştık. Ama umduğumuz gibi olmadı. Ertesi gün, köyü gözetlemeye geldiğimizde, bizim ihtiyarların evlerinin önünde güneşlendiklerini, Gazne askerlerinin pişirdikleri yemeklerden, önce onlara verdiklerini gördük. Aynı yardımları kadına da yaptıklarını fark ettik.

Hâlbuki onlar hakkında bize çok kötü şeyler anlatılmıştı. Onların yaşlılara ve kadına iye davranışları bizlere cesaret verdi. Biz de geri döndük. Gerçekten de, Müslüman-Türkler bize çok iyi davrandılar. Hiç birimizin evine dokunulmadığı gibi, eşyamızın birine bile el sürülmemişti.

Bu konuşmadan sonra, köylüler onları bırakmadılar. Ömer, biraz köyde kalmayı yorgunluklarını gidermeyi kabul etti. Geceyi, kendilerine ayrılan bir yerde geçirdiler.

Sabah namazından sonra, köylülerle vedalaşarak, Gazne ordusunun gittiği yöne hareket ettiler. Bir gün sonra, Gazne ordusuna yetiştiler.

Yirmi Üçüncü Bölüm

Çandra

Çok geniş bir ovada, Gazne Ordusu savaş düzeni almıştı. Müslüman kuvvetleri karşısında, fillere ve savaş arabalarına binmiş, sayılamayacak kadar çok Hindu askeri vardı. Hindu ordusu, adeta bütün ovayı kaplamıştı.

Başlarının üzerindeki yelpazelerle serinleyen racaların, sert emirleri, uğultu halinde yükseliyordu.

İki ordunun arasındaki meydanda atını dolaştırıp, dövüşmek için Gaznelilerden asker isteyen bir Hintli silâhşör görülüyordu. Hindu ordusundan bu silâhşöre karşı yapılan:

– Çandra! Çandra, tezahüratı, Ömer'i sarstı. Karşılaştığı Gazne nöbetçilerine amcası Bekir Bahadır'ın yerini sordu. Vakit kaybetmemesi lâzımdı.

Amcasının çadırını bulunca hızla çadırdan içeri daldı.

Bekir Bahadır, at uşağı Aziz'in tuttuğu zırhları kuşanmaktaydı. Ömer'i görünce, sevinçle kollarını açtı. Amca ile yeğen sevinçle kucaklaştılar. Bekir Bahadır sordu:

– Kırık hançeri ne yaptın?

– Allah'ın izni ile yok ettim.

– Aferin oğul! Başaracağını biliyordum. Şimdi müsaade edersen şu zırhları kuşanayım. Bir Hindu silâhşörünün karşısına çıkacağım.

O devirlerde, iki ordu, birbiri ile meydan savaşına girmeden evvel seçkin bahadırlarını ortaya çıkarır, birbirleri ile dövüştürürdü. Hindular da bir silahşörü ortaya salmışlardı. Bu, Hindu'nun çok tanınmış bir kimse olduğu, Hinduların onun için yaptıkları tezahürattan anlaşılıyordu.

Gazne ordusundan Bekir Bahadır'ın ortaya çıkması, bu Hindu'nun bir bey olduğunu gösteriyordu. Yoksa Bekir Bahadır gibi namlı bir bey, onun karşısına çıkmazdı.

Ömer, birdenbire sordu:

– Kim bu dövüşeceğin kişi?

Amca ile yeğen bakıştılar. Ömer'in bakışları çok sertti. Bekir Bahadır ürperdi. Bir şeyler hissetti.

"Biliyor!" diye düşündü. "Biliyor!"

Sonra, gülmeye çalışarak cevap verdi:

– Bir Hindu silahşörü! Onların büyük kahramanı! Namlı biri!

– Aslan Bey'in bahsettiği Çandra bu mu?

Ömer'in sesi, sert ve soğuktu.

– Ne Aslan Bey? Ha Aslan Bey mi bahsetmişti ondan?

– Bilmezden gelme Bekir Emmi! Beni ilk gördüğünde söylemişti. "Oğlu babasının öcünü aldı mı? Çandra denilen kalleş!" filan demişti.

Ömer tekrar sordu:

– Bu adamın özelliği ne? Neden başkası veya başka bey değil de, bilhassa sen çıkıyorsun onun karşısına?

Bekir Bahadır, sertleştirmeye çalıştığı bir sesle cevap verdi:

– Silâhşör dedik ya oğul! Büyük silahşör! Başka bir beyin değil de, benim onunla çarpışmak istemem, kollarımın pasını silmek...

Ömer'in yeni bir sorusu Bekir Bahadır'ı irkiltti:

– Babamı uyurken, baskına uğratıp öldüren bu adam mı Bekir Emmi?

Ömer'in gözleri bir şahin gibi, gözlerine dikilmişti.

Bir an, çadırda çıt çıkmadı. Sadece dışarıdan Hindulardan yükselen gürültüler, çadırın dışında eşinen atların kişnemeleri duyuldu.

Bekir Bahadır, inkârın artık faydasız olduğunu anladı. Derin bir nefes alırken:

– Evet! Nereden biliyorsun bunu, diye sordu.

– Aslan Bey'le karşılaştığımızdan beri zihnimi kurcalayan bir soruydu bu! Olayları birbirine bağladım. Nasıl oldu bu olay amca? Babam nasıl öldürüldü? Niye bana şimdiye kadar bunu anlatmadın?

Bekir Bahadır göğüs zırhını düzeltirken cevap verdi:

– Neyi söyleyeydim oğul! Beni yakan ateşle körpe dimağını yakıp, gecelerini uykusuz mu bırakaydım? Yoksa "Babanın öcünü al! Öç al!" deyip, seni devamlı olarak huzursuz mu bırakaydım? Bir kardeş olarak ben, bu derece acı çekerken biricik yeğenimin bundan kat kat fazla keder ve üzüntü içinde kıvranmasına nasıl sebep olurdum?

– Sağ ol Bekir Emmi! Ama sen bana çocukluğunda bir şey söylemiştin. Acılarımız ve sevinçlerimiz ortak olacaktı. Şimdi destur istiyorum! Bu adamla ben dövüşeceğim.

Bekir Bahadır, Ömer'i çok iyi tanıdığı için, onun sözü buraya getireceğini tahmin etmişti. Ama buna izin vermeyecekti. Kesin bir tavırla:

– Hayır, dedi.

Tekrar sert sert bakıştılar. Ömer, boğuk bir sesle konuştu:

– Seni ben de giydirebilirim. Destur verirsen Aziz çıksın.

Konuşmaları daha ilk andan beri ses çıkarmadan dinleyen Aziz, Bekir Bahadır'ın yüzüne baktı. Bekir

Bahadır, başıyla ona çıkmasını işaret etti. Aziz çıktı. Ömer, amcasının, zırhını bağlarken:

– Onunla benim çarpışmam gerek Bekir Emmi, dedi. Sesi gayet sakin ve kararlı idi.

Bekir Bahadır başını çevirerek ona baktı. Sordu:

– Nedenmiş o?

– Çünkü öldürülen benim babamdı!

– Oğul ne diyorsun sen? Çandra, kobra yılanından zehirli ve çeviktir. Hem kaç yılın silâhşörüdür o. Babanın ardından bir de senin için mi gözyaşları döktürteceksin bana?

– Allah ne yazmışsa o olur.

– Evet, ama Allah, "Kendinizi körü körüne de ölüme atmayın!" buyuruyor.

– Kendime güveniyorum. Bırak beni! Aylardır hep bugünü beklemiştim. Babamı kalleşçe öldüren Hindu ile karşılaşmayı...

– Ya ben? Ya ben? Kardeş sevgisini bilir misin oğul? O hiç bir şeye benzemez.

Ya babasızlık? Bunun acısını da sen bilir misin Bekir Emmi? Bana babasızlığın acısını pek göstermedin ama yine de bu acı duyuluyor. Baba? Onun yerini hiç bir şey doldurmuyor.

İki yiğit yine birbirlerine sert sert baktılar. Bu bakışlarda düşmanlık değil, birbirine kıyamayan iki insan arasındaki büyük sevgi okunuyordu.

Bekir Bahadır, tekrar kemerini tuttu:

– Hadi! Hadi! Çocukluğu bırak... Haydi, şu kemeri biraz daha sık bakalım! Senin dengin değil o Çandra denilen adam. Bir kedi kadar çevik, bir yılan kadar zehirlidir.

– Önemi yok! Er meydanında ona haddini bildirmek isterim.

– Oğul! Hislerini anlıyorum. Ama biraz sen de beni anla... Kaç yıldır onunla karşılaşmayı düşünmüştüm... Anlaştık değil mi? Şu zırhı da biraz çekiver bakayım... Hadi, vakit kaybetmeyelim.

Ömer cevap vermedi. Amcasının arkasına yaklaştı. Arkasından zırhını çekmesini bekleyen Bekir Bahadırın ensesine, elinin yanını hızla indirdi. Bekir Bahadır bir inilti çıkararak dizleri üzerine çöktü. Sonra yere yıkıldı. Bayılmıştı. Ömer:

– Affet! Affet Bekir Emmim! Mecbur kaldım, diye mırıldandı.

Bundan sonraki olaylar yıldırım kadar çabuk geçti. Zırhını kuşanan ve başına, amcasının tolgasını geçiren Ömer, dışarı fırladı.

– Sungur, diye bağırdı. Çadırın dışında Aziz ile konuşan Sungur:

– Buyur beyim, diye cevap verdi.

– Çabuk atımı getir!

– Atınızı ne yapacaksınız beyim? Zaten yorgun hayvancağız.

– Bre! Ne zamandır istekleri böyle sorularla karşılar oldun?

Ömer'in gayet sert, o zamana kadar görmediği şekilde çatık kaşlı olduğunu gören Sungur, çok önemli bir hadisenin geçtiğini anladı. Fazla üstelemedi.

– Baş üstüne beyim! Şimdi, diye koştu. Az sonra Kasırga'yı getirdi. Kasırga'nın gelişini gören Ömer'in gözleri yaşarır gibi oldu. Atının başını okşarken:

– Gel benim sadık dostum! Arkadaşım! Sana atım demem, kardeşim derim. En bana kardeşimden de yakınsın, dedi. Ve devam etti. Zorlu bir dövüşe giriyoruz. Göster kendini!

Kasırga, Ömer'in söylediklerini anlamış gibi kişnedi. Ömer, zıplayarak, adeta bir tüy hafifliği ile Kasırga'nın üstüne atladı. Savaş kokusu alan Kasırga'nın yorgunluğu gitmişti. Başını kaldırarak, burun deliklerini açarak, tekrar tatlı tatlı kişnedi. Şahlanarak, ön ayakları ile havayı tekmeledi.

Ömer, kendisine şaşkın şaşkın bakan Sungur'la Aziz'e döndü:

– Hakkınızı helâl edin yiğitler!

İki at uşağının, bu durum karşısında ağızları açık kalmıştı. Aziz dayanamayarak sordu:

– Nereye beyim? Bekir Bahadır'ın dövüşünü seyretmeyecek misiniz?

– Emmim bu dövüşü bana bıraktı, Aziz!

– Beyim! Size nasıl bırakır. Benim bildiğim Bekir Bahadır ölür de bu dövüşü kimseye bırakmaz. Sizi, onun karşısına bırakır mı? Çandra'nın ne hinoğluhin olduğunu, karşısına çıkanları nasıl tepelediğini bilmez mi?

– Kaç yıldır bugünü bekliyor, yerinde duramıyordu. Doğrusu Çandra'nın yerinde olmak istemezdim. Çünkü Bekir Bahadır bu... Yiğitler yiğidi Bekir Bahadır...

– Oğul varken öç almak kardeşe düşmez bahadırlar! Her ne ise... Er meydanıdır burası... Şimdi bir şey söylenemez. At ölür meydan kalır, yiğit ölür şan kalır... Ya o beni; ya da ben onu haklayacağım. Ömer, bunu söyledikten sonra, Sungur'un uzattığı mızrağı kavradı. Bir kere tarttı. Sonra besmele çekerek Kasırga'yı topukladı. Kasırga, bir an yerinde kişneyerek şahlandı. Sonra da, her görene "Maşallah!" dedirtecek şekilde, Hindu silahşör üzerine uçtu gitti.

Ömer'in meydanda görülmesi üzerine Hindu ordusundan büyük bir gürültü yükselirken, Gazne ordusundan da, tekbir sesleri duyuldu.

Aziz ve Sungur, gözleri yaşarırken mırıldandılar:

– Hakkımız varsa helâl olsun Yiğit Ömer! Allah, yardımcın olsun.

O anda, arkalarından, kendi kendine söylenen birinin sesi geldi:

– Artık çok geç! Vardı bile! Ah Ömer! Deli oğlan! Yavrum! Niye yaptın bunu? Babanın acısı yetmezmiş gibi, senin acını da mı yükleyeceksin bana? Ama yiğit, hem tam bir yiğit olduğunu gösterdin oğul!

Cenabı Hak yardımcın olsun, utandırmasın bu Hindulara karşı bizi!

At uşakları, hayretle başlarını çevirdikleri zaman, çadırın kapısına tutunan ve kendi kendine konuşan Bekir Bahadır'ı gördüler. Saygılı bir tavır takındılar.

Bekir Bahadır, onlara baktı:

– Niye durdurmadınız onu, diye sordu.

Sungur cevap verdi:

– Beyim! Çağıldayarak akan bir ırmak durdurabilir mi? Bir kasırgayı kilit altına almak mümkün mü? Onu durduracak güç var mı bizde? Ömer Bahadır bu...

Derin bir iç geçiren Bekir Bahadır gülümsedi:

– Haklısınız! Haklısınız! Sen niye zapt edemedin desenize bana? Kocamışız gayrı... Hadi konuşmayı bırakalım da, biz üç kocamış, dua ederek dövüşü seyredelim.

Bu konuşmalar olurken, Ömer, rüzgâr gibi giden atı ile Çandra'nın yanına varmıştı. Öyle hızlı at sürmüştü ki, Hindu silâhşör, onun saldıracağını sanarak mızrağını uzatıp korunma vaziyeti almıştı.

Ama herkesin hayretle açılan gözleri önünde, Ömer, Kasırga'yı Çandra'nın, beş adım ötesinde 'zınk' diye durdurmuştu. O hızla giden atı, bir anda, o şekilde durdurabilmek, gerçekten de büyük, hem de çok büyük ustalıktı. Herkesin parmağı ağzında kaldı. Türk süvarileri bile bu harekete "maşallah!" dediler. Dayanamayan bazıları:

– Yaşa Bekir Bahadır! Ata biniş bu kadar olur.

– Görsün Hindular, bir Gazne yiğidi nasıl ata binermiş, derlerken bazıları da:

– Bu Bekir Bahadır değil! Bu başka bir yiğit!

– Görmüyor musunuz? Gencecik biri bu, dediler.

Türk ordusundan bir uğultu yükseldi:

– Ömer bu! Ömer!

– Hangi Ömer?

– Hani Gazne'de yiğitliğini gösteren ve fedaî seçilen Ömer!

– Bekir Bahadır'ın yeğeni Ömer mi?

– Evet! Hamza Gazi'nin oğlu Ömer!

Az sonra kulaktan kulağa bir haber, bütün erler arasında dolaştı:

– Babasının öcünü almak için çıkmış ortaya.

– Yaaa! Ama yazık olacak ona.

– Bekir Bahadır hata etmiş. Ömer'i, Çandra'nın karşısına bırakmamalı idi... Kurdun önüne kuzu atmaya benziyor bu...

– Durun bakalım yiğitler! Kendisine güvenmese çıkar mı er meydanına? Ak koyun, kara koyun, sonra çıkar oyun demişler. Ömer'in Gazne'de, o kadar yiğit arasında nasıl kendini gösterdiğini, yiğitliğini unuttunuz mu?

– Doğru! Doğru! Onu unutmuştuk. Ömer, nasıl bir bahadır olduğunu göstermemiş miydi orada?

Bakmayın Çandra'nın iriliğine, tecrübesine ve oyun bilmesine... Aldı o başına belayı...

Gazne ordusunda bu konuşmalar olurken, Hindu ordusu da, mızraklarını, kalkanlarını sallayarak kendi silâhşörlerini teşvik ediyorlardı:

– Haydi Çandra! Kaplan gibi parçala! Fil gibi ez!

– Siva adına vur! Göster kendini! Kır kemiklerini şu Müslümanın!

Yüz seksen bin kişilik Hindu ordusundan yükselen sesler, korkunç bir uğultu halinde gökyüzüne yükseliyordu.

Çandra, bu bağırtılardan oldukça gururlanmıştı. Bir Hint horozu gibi kabardı. Zırhlı atı üzerinde, kara bir dev gibi duruyordu. Mızrağının sapını sıkı sıkı kavramıştı. Karşısında durarak kendisini atmaca gibi dik dik süzen Ömer'e seslendi:

– Yiğit! Hey yiğit! Ne derler sana? Koca ordudan seni karşıma çıkardıklarına göre, ya han oğlusun ya da bey... Hangi soydansın? Söyle de şereflenelim... Öldürdüğümüz soylular listesinin arasına senin adını da kazıyalım.

Ömer, ruha işleyen sert bir sesle konuştu:

– Çandra! Senin iyi bir silâhşör ve usta bir cengâver olduğunu duydum. Ama bu yiğitliğini hilekârlık ve kalleşlikle lekelediğin de bilinen bir gerçek... Ben, senin, baskın yapıp uykuda hançerlediğin Hamza Gazi'nin oğluyum!

– Bre! Bekir Bahadır'ın da yeğenisin demek? O niye gelmedi o. Yoksa korktu mu?

–Benim sana yeteceğimi bildiğinden zahmet edip çıkmadı karşına. Seni tepelemeyi bana bıraktı.

– Çocuk! Ağzın iyi lâf yapıyor... Acaba bileklerin de nasıl?

– Bunu biraz sonra anlarsın?

– Biraza zaman kalmaz çocuk. Çünkü ilk hamlede gideceksin.

– Onu ancak Allah bilir. Bak sana bir teklifim var.

– Nedir o? Yoksa korkup af mı dileyeceksin? Heybetimden mi ürktün, yoksa namımdan mı? Ama elimden öyle ucuz kurtulamazsın. Af dileyeceksin. Hem de iki ordunun gözü önünde... Ağlayıp elimi, ayağımı öpeceksin ki bırakayım seni... Yoksa Siva hakkı için acımam sana...

– O kadar iyimser olma... Benim teklifim şu: Ben bu dövüşe Allah rızası için çıktım. Gerçi senden öç almak isteği benliğimi yakıyordu ama Müslüman olursan, babamı şehit ettiğini unutur seni bir kardeş olarak kucaklarım. Yok, sapıklıkta devam edecek olursun sana bu meydanı mezar ederim.

Çandra'nın gözleri, bir canavar gözü gibi iri iri açıldı. Bu gözler alev alev parlarken büyük bir kinle haykırdı:

– Benim karşımda böyle konuşabilmek için ya çok aptal ya da çok yiğit olman gerekir. Şunu iyi bilesin ki, seni mızrakla değil, dişlerimle parçalayacağım. Cesedini ayaklarımın altında çiğnedikten sonra, fillere ezdireceğim.

Bu sözlerden sonra Çandra, korkunç bir savaş narası atarak, atını mahmuzladı. Elindeki mızrağı öne uzatarak Ömer'in üzerine doğru uçtu, geldi. Doğrusu ya, Ömer, onun bu kadar çevik olduğunu tahmin etmiyordu. Bu koca vücudun yılan gibi kıvrılması, görülmemiş bir çeviklikti.

Ama Ömer de ondan çevik olduğunu gösterdi. Başkasını o anda öldürecek mızraktan, kıl payı kurtuldu. O da, görülmemiş bir hızla eğilerek...

Sonra, Ömer, Kasırga'yı süratle Hindu ordusu üzerine sürdü. Onlara otuz, kırk adım kala, atını durdurarak, bütün kuvveti ile haykırdı:

– Görün ve belleyin ey Hindular!

Birden atını döndürdü. Hinduların küfürleri, fırlattıkları ok ve mızraklar arasında, kendisine at koşturan Çandra'nın üzerine atını sürdü. Ömer, atının üzerine eğilmiş, mızrağını düşmanın kalbine doğru uzatmıştı. Rüzgâr gibi gidiyordu. Ardında ince bir toz bulutu yükselmişti.

Bir anda iki süvari birleşti. İşte, olanlar o zaman oldu. İki at, üç dört metre kadar gerisin geriye sıçradılar. Toz bulutu arasında bir şeylerin yere devrildiği fark edildi. Sonra... Bir anlık duraklamadan sonra, Ömer, atının boynuna eğilmiş olduğu halde, Kasırgayı sürdü gitti.

Toz, toprak açıldığı zaman, Çandra ile atının yere devrilmiş oldukları görüldü. Çandra, kendini toplayıp ayağa fırlarken, sırt üstü düşmüş olan atının, kalkmak için hâlâ debelendiği görülüyordu. Ayakları ile havayı bir müddet dövdükten sonra, yan döndü ve ayağa kalktı.

Ne olmuştu? Kendine o kadar güvenen Çandra nasıl devrilmişti?

Olay şöyle olmuştu: Ömer, son süratle atını sürerken, mızrağını ileri doğru uzatmıştı. Çandra bir mızrak boyu yaklaşırken eğilmiş, Çandra'nın mızrağından kurtulurken kendi mızrağını düşmanının göğsüne saplamıştı.

Zırhlı olduğu için, Çandra'nın göğsü delinmemişse de, vuruşun tesiri ile Hindu silâhşör, atının üzerinde tepesi üstü aşağı yuvarlanmıştı.

Bu durum, Çandra için ölümden de acı idi. Çandra kalktığında, atını da yakalayamadı. At, meydanda başıboş koşup kalmıştı.

Çandra düşüş anında, mızrağını, kılıcını da kaybetmişti.

Ömer, bir müddet gittikten sonra, atını çevirdi. Çandra'nın, meydanda şaşkın bir ördek gibi durduğunu gördü. Sonra, herkesin meraklı bakışları arasında, Kasırga'yı Çandra üzerine sürdü. Atsız ve silahsız kalmış olan Çandra, artık ölmüş demekti. Hindu ordusundan üzüntülü çığlıklar, küfürler yükselirken, Ömer, düşmanına on adım kala atını durdurdu.

Sonra, çevik bir hareketle yere atladı. Atının sağrısına bir şaplak atarak, Kasırga'yı uzaklaştırdı. Elindeki mızrağı toprağa sapladı. Bu hareketi ile silâhsız kalmış olan düşmanına karşı, silâhsız çarpışacağını göstermiş oluyordu. Bu çok mertçe bir hareketti.

Ömer, mızrağı yere sapladıktan sonra, ağır ağır Çandra'ya doğru ilerlemeye başladı. Bu ilerleyişte bir aslan edası fark ediliyordu. İki ordudan da çıt çıkmıyordu. Ama birdenbire Hindu ordusundan büyük bir uğultu yükseldi. Az önceki o üzüntülü, kederli tavırları bırakmış olan Hindular, sevinçle bağırıyor; kılıçlarını, mızraklarını kaldırarak Çandra'ya sesleniyorlardı.

– Acıma ona ey Hindu kaplanı!

– Silâhlarını da bıraktı. Artık silâhsız. Kır kemiklerini Çandra! Kır kemiklerini!

Gazne ordusundan da bir uğultu yükseldi:

– Aferin Ömer'e! Yiğitliğini gösterdi.

– Cesaret isteyen bir davranış bu! Görmüyor musunuz aralarında vücut bakımından ne büyük fark var? Ömer'in iki misli bu adam.

– Üstelik sayısız savaş tecrübesi de var Çandra'nın... Ömer, hiçte iyi etmedi.

Bu uğultular arasında, ilerleyen Ömer'le, Çandra arasında, iki, üç adımlık bir mesafe kalmıştı ki, Çandra'nın eğildiği görüldü. Bir anda, elinde parıldayan bir hançerle doğruldu.

Hindu silâhşör, bu hançeri çizmesinden çekmişti. Hindular sevinçle haykırdılar. Gazne ordusundan da, heyecanlı ve üzüntülü sesler yükseldi:

– Yaptı gene kalleşliğini Çandra!

– Ah Ömer! Niye fırsat verdin bu kalleşe?

– Çandra erkeklikten ve mertlikten ne anlar?

Bekir Bahadır durumu görünce sapsarı kesilmişti. At uşağı Aziz'in omzunu tutmuş, sinirli sinirli sıkarken:

– Aziz! Atımı hazırla gayrı! Çandra ile benim de karşılaşmam gerekecek, dedi. Sonra üzüntü ile inledi:

– Ah Ömer! Ah! Benim mert ve dürüst yeğenim! Dünyada böyle kalleşlerin olduğunu düşünemeyecek kadar dürüst, mertsin.

Bu inleme, Ömer'in ölümünün arkasından okunan bir ağıttan farksızdı. Çandra hançerini çektikten sonra Ömer'in yüzüne bakarak, iğrenç bir kahkaha kopardı:

– Beni attan düşürmenin ve karşıma çıkmanın cezasını çekeceksin it oğlu! Bunu kanla temizleyeceğim. Şans eseri elde ettiğin bu başarıya sevinmeye vaktin olmayacak. Hançerle didik didik edeceğim seni...

Çandra, bunları söyledikten sonra, Ömer'i korkutmak için hançerini salladı. Ama hayret... Ömer de, korkma diye bir şey olmadığı gibi, gülümseyerek bakıyordu Çandra'ya. İğrenç bir mahlûka bakarmış gibi... Gözlerini, Çandra'nın gözlerinden ayırmadan tane tane şu sözleri söyledi:

– Sözlerin de birbirini tutmuyor zavallı Çandra! Hareketlerin gibi... Demin beni ayaklarının altında ezdikten sonra, fillerinin ayakları altında çiğneteceğini söylüyordun. Şimdi ise hançerinle didik didik etmekten bahsediyorsun. Sen rüzgâr önünde yön değiştiren bir fırıldak gibiymişsin meğerse...

Ömer'i korkutacağını, titreteceğini zannederken, onun alaylı sözlerini işitmek, Çandra'yı deliye döndürdü.

– Geber köpek, diyerek, hançerini Ömer'e savurdu.

Ömer, görülmemiş bir çabuklukla yana sıçrarken, hançerin sivri ucu elbisesinden bir parça koparıp attı.

Türk ordusundan ve Hindulardan, tekrar bir uğultu yükseldi. Şimdi meydanda görülmemiş bir dövüş vardı. Kırk yaşlarında iri ve tecrübeli bir silâhşörle, yirmi yaşlarında tığ gibi bir genç dövüşüyordu. Bu fark yetmezmiş gibi, iri adamın elinde de güneş ışığında şimşeklenen bir hançer kalkıp inmekteydi.

O kadar savaşa girip çıkmış Bekir Bahadır heyecandan, artık dövüşe bakamıyordu. Gözlerini yummuş, Sungur ve Aziz'e: "Ne oldu? Ne oldu?" diye soruyordu. Onlar da bilgi veriyorlardı:

– Ömer Bahadır yana çekildi! Kurtuldu. Aslan Ömer! Haydi, göster kendini beyim! Vur! Aman uzaklaş, uzaklaş...

Sungur da kendinden geçmişti. Coştukça Aziz'i yumrukluyor bir yandan da bağırıyordu:

– Vur! Eğildi! Hançerli kolunu kavra, hançerli kolunu!

Meydanda ise, dövüş, bütün hızı ile sürüp gitmekte idi. Ömer, zıplıyor, sıçrıyor, eğiliyor hançer darbelerinden kurtuluyordu. Çandra gittikçe yorulmaya başlamıştı. Zaten Ömer de bunu düşünüyordu... Bu arada uygun bir fırsat da kolluyordu. Nihayet bu fırsat çıktı.

Çandra yine hançerini savurduğu sırada, Ömer, onun hançerli bileğini kavradı. Sıkmaya başladı. Pazıları gerilmiş, alnının damarları fırlamıştı. Çandra, bileğini kavramış olan bu parmaklardan kurtulmak için, elini silkelemek istedi. Ama imkânsız... Bu genç bahadırın parmakları kerpeten miydi ne?

Bir daha silkelemek istedi. Hayır... Mümkün değildi. Kolunu çekmeye çalıştı. Onun da alnında ip gibi damarlar fırlamıştı. Ayrıca yüzünden şıpır şıpır ter akıyordu.

Az sonra bileği kırılacakmış gibi oldu. Çandra'nın, o namlı Hindu silâhşörün parmakları gevşedi, gevşedi. Elindeki hançer yere düştü. O anda, şaşılacak bir şey oldu. Ömer, ayaklarının üzerinde yaylanarak kendisinden çok uzun boylu olan Çandra'ya korkunç bir kafa attı. Mide bulandıran bir çatırtı duyuldu.

Çandra, gerisin geriye üç dört adım gitti. Elleri ile yüzünü tuttu. Sonra büyük bir kin ve hiddetle, on yaşındaki bir çocuğun kafası büyüklüğündeki yumruklarını sıkarak, atıldı.

Bunu bekleyen Ömer, eğilerek bu öldürücü vuruştan kurtuldu. Sonra açık vermiş olan Çandra'nın karnına şiddetli bir yumruk gömdü. Çandra, inleyerek iki büklüm oldu. Bu defa da Ömer, onun yüzüne öyle bir diz vurdu ki, sesi uzak mesafeden bile duyuldu.

Hinduların övündükleri, koca silâhşör, arka üstü devrilirken, ancak bir inilti çıkarabildi. Sonra, kolları açık olarak düştüğü yerde biraz debelendi ve katıldı, kaldı. Ağzından sızan kan, boynundan aşağı aktı.

Gazne ordusundan zafer nidaları gelirken, Hindu ordusundan küfürler ve lânetler yağıyordu. Ömer, az geride durup dövüşü seyreden Kasırga'yı çağırdı. Kasırga bir sevinç kişnemesi ile yelesi havada uçarak Ömer'e doğru koştu.

Ömer, besmele çekerek atına atladı. Sonra Kasırga'yı Hindu ordusuna çevirerek bağırdı:

–Ey Siva'ya tapanlar! Başka silâhşörünüz varsa gönderin. Bekliyorum.

Beş on dakika beklediği halde, Hindu ordusundan uğultudan başka bir şey gelmediğini görünce, atını bir kaç defa şahlandırdıktan sonra, Türk ordusuna doğru sürdü.

Dövüşü seyretmiş olan Gazneli Mahmut bile heyecanlanmıştı. O kadar savaş görmüş yaşlı komutanlar, gaziler sevinç gözyaşları döküyorlardı. Bekir Bahadır'ın ise, sevincini anlatmaya imkân yoktu.

Gazneli Mahmut'un huzuruna yaklaşan Ömer, atından aylayarak, dizginleri, koşup gelen Sungur'a verdi. Sonra Sultan'ın önünde selâm verdikten sonra, kırık hançeri nasıl yok ettiklerini anlattı.

Gazneli Mahmut bu habere de çok sevinmişti:

– Gazilerim, diye gür bir sesle bağırdı. Allah'a bize böyle evlâtlar verdiği için ne kadar şükür etsek azdır. Ömer gibi mert ve imanlı gençlerimiz oldukça, Türk Milleti varlığını ve şerefini daima koruyacaktır. Oğul! Yüzümüzü ağarttın. Allah'da da senin yüzünü ağartsın. Gel de seni kucaklayayım.

Ömer, hem çok utanmış, hem de çok sevinmişti. Gazneli Mahmut gibi bir gaziden, böyle hayır dua almak ne büyük bir nimetti. Gazneli Mahmut Ömer'i kucakladıktan sonra, Gazne yiğitlerine bağırdı:

– Gazilerim! Şimdi sıra şu karşımızdaki Hindu ordusunda. Akşam yaklaştığı için savaşı yarın sabah yapacağız. Akşam son hazırlıklarınızı bitirin.

Yirmi Dördüncü Bölüm

Kılıçların Gölgesinde

Savaş ertesi gün yapılacaktı. Ordu istirahata çekildi. Gaziler, son defa silahlarını gözden geçirdiler. Kılıçlar, yaylar ve mızraklar topuzlar gözden geçirildi. Atların gemlerinin sağlam olup olmadığına bakıldı. Yay kirişlerine balmumları çekildi.

Güneş battıktan sonra, ovanın iki tarafında ateşler, yer yer gecenin kara örtüsünü yırttılar. Hindu ordusu da boş durmuyordu. Onlar da, gerek fillerini, gerekse atlarını ve silahlarını gözden geçirmişlerdi.

Hindular sayı bakımından Müslüman Gazne ordusundan çok daha fazla olduklarından, kendilerine oldukça güveniyorlardı. Onları sevindiren bir husus da, çölde bir ay yürümüş Müslüman ordusunun savaş gücünü kaybettiğini sanmaları idi.

Hindu ordusunda da hazırlıklar bitmişti. Biraz sonra güneş yükselmeye başladı. Güneşin keskin ışıkları altında, her iki orduda çelik tolgaların, madeni kalkanların, çelik kılıçların kıvılcımlar saçarak parlıyordu.

Kulak memelerine takılı mücevherleri, başlarının hareketi ile ışıl ışıl yanıp sönen racalar, etrafı mağrur bir şekilde süzüyorlardı. Fil ayakları kalınlığındaki pazılarına, altın, gümüş pazıbentler takmış Hindu erleri, gözlerinde vahşi parıltılar yanıp sönerken, kılıçlarını, mızraklarını gözden geçiriyorlardı.

Hindular fillerini ordunun kenarlarına almışlardı. Savaş arabaları da fillerin önündeydi. Bu arabaların içinde iki kişi bulunurdu. Tekerleğin milleri birer metre dışa çıkacak şekilde ustura gibi kesici hale getirilmişti. Düşman saflarına giren bu tekerlek, ölüm pervanesi gibi döner, karşısına çıkan canlıları doğrar geçerdi.

Çok sayıdaki düşmana karşı, meşhur Türk savaş taktiğini uygulayacaktı. Önce düşman üzerine saldırı yapmak, onları ok yağmuruna tutmak, sonra da sahte ricatla yani kaçışla düşmanı üzerine çekmek...

Düşman, Gaznelileri kaçıyor zannedip saflarını bozunca, derhal verilen bir işaretle kaçar gözüken gazilerin düşmanı çevirme hareketi... Yeniden düşmanı yıldırma... Sonra da, kılıç, kargı ve topuzlara el atarak göğüs göğüse çarpışma...

Gazneli Mahmut bu arada iki yüz fedaîye de çok önemli bir görev vermişti. Bu fedaîler, düşmanların fillerini ve savaş arabalarını iş göremez hale getirecek-lerdi.

Görev çok tehlikeliydi ama bu görevi başarmaları da, otuz bin gaziyi, fillerin ayakları altında çiğnenmek-ten savaş arabalarının milleri ile doğranmaktan kurtu-lacaktı...

İlk saldırıyı yapacak gaziler, harekete geçecekleri sırada, ordunun arkasında bulunan hafızlar bir ağız-dan tekbir getirmeye başladılar.

Otuz bin gazinin bir anda tekbir getirmesi, yeri gö-ğü inletti. Yiğitlerin altlarındaki savaş kokusu almış atlar, yeri hiddetle dövdüler ve sabırsız sabırsız kiş-nediler.

Sonra Gazneli Mahmut'un emri... Hücum...

Bir anda gök gürültüsü gibi korkunç bir gürleme duyuldu. Binlerce atın toynakları, sert toprağı davul tokmakları gibi dövmeye başladı. Üzerleri kösele ve demirle kaplı cins Türk atları, düşman üzerine uçtu: Gürr... Sanki dağdan inen sel suları, her şeyi yıkarak ovaya yayılmaya başlamıştı.

Düşmana ok atımı mesafeye gelince, oklar bir ölüm sağanağı gibi boşaldı. Oklar, bir anda gökyüzünü kapladı. Güneş bir an görünmez oldu. Hinduların ön safta bulunanlarının bir kısmı, daha yavaş başlamadan yere serildiler. Gaziler, uçar gibi giden atlarının üze-rinde peş peşe öldürücü oklarını boşaltmaya devam ediyordu.

Yüzer kişilik gruplara ayrılarak iki yana yayılmış iki yüz fedaî, savaş arabalarını süren sürücüleri veya fil sürücülerini ya da filleri ve atları vurmaya başladılar. Gerek arabaların yaralanan atları, gerekse başlarından, hortumlarından oklarla vurulmuş filler, büyük bir hiddet ve hırsla yerlerinde tepinmeye, geriye dönerek safları bozmaya başladılar.

Filler acı acı inliyor, uluyor, atlar kişniyor, şahlanıyor, arabaları deviriyorlardı. İlk anda devrilen arabalar, fillerin önünü de kapamıştı. Fil sürücüleri tarafından mızraklarla dürtülen filler, hırslarını Hindulardan almaya başladılar.

Merkezdeki yaya Hindu ordusu da, atılan oklarla şaşkına dönmüştü ki, duyulan bir boru sesi...

Talimli Türk atları bunu duyunca kulaklarını diktiler. Sonra hızlarını keserek durdular. Ve aniden geri dönüş... Oklarını düşman üzerine boşaltmış 5000 gazi çok az bir kayıpla geri döndü.

Tekrar bir koşu... Yelpaze gibi yanlara yayılarak açılan gaziler... O anda yeni bir gümbürtü... Toprak atların ayakları altında sarsılarak titredi. Bir anda savrulan oklar... Göğe yükselen uğultu:

– Allah! Allah! Allah!

Safları bozulmuş, ileri çıkmış Hindu askerlerinden bir kısmı yerde...

Ama Hinduların savurdukları ok ve mızraklar da, güneş ışığında şimşeklenerek ve yılanlar gibi uçarak yüzlerce yiğidin göğsüne saplandı.

Atlarından düşen, toynaklar altında veya devrilen atların altında ezilen gaziler... Yeni bir boru sesi ile yine geri kaçış...

Bu defa, büyük bir gürültü ile safları bozulmuş Hindu ordusu saldırıyor. Bir sel gibi geliyorlar... Karşılarına on bin gazi dikiliyor.

Şiddetli sıcak... Herkesten su gibi ter boşanıyor. Gaziler bekliyorlar... Gazneli Mahmut'un buyruğunu tekrarlayan komutanların emri duyuldu:

– Yaylar hazırlansın... Oklar kirişlereeee...

On bin el, on bin yaya on bin ok yerleştirdi. On bin kulak kirişte... Yaylar gıcırdayarak gerildi...

İki Türk saldırısını püskürttüklerini sanan Hindular, mızrak şakırtıları ile bağırarak saldırışa geçtiler. Havada salladıkları mızraklar o kadar çok ki... Sanki bir saz ormanı harekete geçmişti.

Hindu kuvvetleri iyice yaklaşınca mızrakları havada şimşeklenerek yılanlar gibi Gazneliler üzerine uçmaya başladı. Ama mesafeyi iyi ayarlayamadıkları için bunların bir zararı olmadı.

Düşman oklarının tesirli sahasına girdiklerini gören Gazneli Mahmut'un emri, on komutan tarafından askere iletildi:

– Ok at!

Kulakları kirişte ve yayları gerilmiş olan gaziler, bir anda kirişleri boşalttılar. Bir anda on bin elin bıraktığı, on bin ok havayı ıslık sesleri ile yırttı.

– Vız! Vız! Vızzz!

Oklar bir ölüm sağanağı gibi yağdı. Hindular bir an duraklar gibi oldular. Bir kısım erleri yere devrildi. Diğerleri de düşen arkadaşlarının üzerlerine yığıldılar. Arka saftakiler öndekilere baskıya başladılar. Bu arada, gazilerin yeniden savurdukları oklar, peş peşe Hindu saflarını biçti. Yaralı ve ölüler, hasat zamanı biçilen buğdaylar gibi üst üste yığıldı.

Ama Hinduların mızrakları da öldürücü olmaya başlamıştı. Sungur'un kulağının dibinden vızıldayarak geçen bir mızrak, bir yiğidin boğazını deldi. Vurularak düşen gazilerin sayısı oldukça arttı. Yanındaki bir bahadır, elini kanlı alnına götürerek yere düştü. Gazilerden sesler yükseldi:

– Düşman yaklaştı! Davranın yiğitler!

– Kılıçları, kılıçları çekin!

– Yiğitliğinizi göstermenin zamanıdır kardeşler!

Hindular bir sel gibi aktılar. Mızraklar şakırdadı. Çarpışan kılıçların sesleri etrafı çınlattı. İki ordunun uğultusu ve haykırışları birbirine karıştı:

– Allah! Allah! Allah!

– Siva! Siva!

Gelen Hindu dalgası karşısında gaziler bir ileri, bir geri gitmeye başladılar. İki taraf ta bütün gücünü ortaya koymuştu. İki tarafı kesici baltalar inip kalkıyor, acı çığlıklar ovaya yayılıyordu.

Gazne fedaîlerinin oklarından kurtulmuş, filler de, çiğneyerek yürüyorlar. Gaziler mızraklar ve kılıçlarla bunlara saldırıyor. Başına saplanan mızrakla çılgına dönen bir fil, acı acı uluyarak geriye dönüyor. Çağıldayarak akan bir nehir gibi gelen Hinduları çiğniyor. Acı çığlıklar... İnlemeler... Küfürler...

Hindular peş peşe yıkıldıkları halde bitmek bilmiyorlar. Geliyorlar, geliyorlar, geliyorlar...

Üst üste gelen, dinlenmiş taze Hindu kuvvetleriyle yapılan amansız çarpışma, gazileri de oldukça yıpratmıştı. Solumaktan ciğerler patlayacaktı nerede ise... Ya susuzluk? Amansız düşman olan susuzluk, çölden beri gazilerin yakasını bırakmamıştı. Dudaklar kurumuş ve çatlamıştı. Boğazlar yanıyordu. Bir yudum su... Ah bir yudum...

Gazilerin çoğu da kan içinde idi. Kiminin yüzü, kiminin göğsü, kiminin kolu veya eli kanlar içinde...

Yerde, devrilen Hindularla gazilerin meydana getirdiği insan yığınları yükseliyor da yükseliyor...

Bir ara, Hindulardan yeni bir uğultu yükseldi. Mızraklar şakırdadı. Atlı Hindular harekete geçmişlerdi. Ama taktikleri hatalı... Atlar, önlerindeki Hindu erlerinin arasında sıkışıyorlar. Gaziler, yeni gelenleri görünce daha da gayret ediyorlar.

Mızraklar vınlıyor, kılıçlar şakırdıyor, küfürler, inlemeler yükseliyor. Cehennemî bir hava... İnleyenler düşenler, saldıranlar, korunanlar... Boşluklardan geçen Hindu atlıları saldırıda...

Gaziler, topuzlar veya kılıçlarla onları atlarından deviriyorlar. Şahlanan veya acı acı kişneyen atların ağızları köpük içinde. Gazilerin her biri birer masal kahramanı gibi... Mustafa ve Sungur fırtına gibi esiyor.

Onların dövüşünü göz ucu ile takip eden Ömer, coşarak bağırdı:

Hayde bre yiğitler! Sungurum!

Gaziler yeni bir güçle vuruyorlar, vuruyorlar. Sanki saatlerden beri dövüşenler onlar değil... Savaşa yeni başlamışlar gibi...

İki tarafın da silâhlı elleri kalkıyor iniyor, kalkıyor iniyor...

Ömer, bir aralık yan tarafında bir parıltı görüp yana sıçrarken, Sungur'un savurduğu topuzun kendisini öldürmek isteyen Hindunun kafasına patlattığını gördü.

– Yaşa yiğit Sungurum, diye haykırırken, karşısındaki üç düşmanı yere serdi. Sonra Sungur'un yanına koştu. Tam zamanında yetişmişti. Sungur'un başına inen bir kılıcı kesti. Elindeki topuzu düşürmüş olan Sungur, bundan faydalanarak ölü bir Hindunun kılıcını aldı. Tekrar savaşa katıldı.

Bu destanî kahramanlıklar olurken, gazilerin sayısı gözle fark edilecek derecede azalmaya başladı. Ne olmuştu? İhtiyattaki on bin kişilik kuvvet nerede kalmıştı? Niye yardıma gelmiyordu? Gazneli Mahmut'un düşündüğü ne idi?

Gaziler böyle düşünüyorlardı ama muhakkak ki, eşsiz bir komutan olan Gazneli Mahmut'un bir bildiği vardı. Bu ihtiyatı en fazla lâzım olacağı zaman kullanacaktı. Belki de uygun bir zaman bekliyordu.

Ömer'in belki yorgunluktan belki de kaybettiği kandan gözleri kararır gibi oldu. Yanındaki yiğitler teker teker düşmeye başlamışlardı.

O anda amcasını gördü. Bekir Bahadır'ın tolgasının kayışları kopmuş, göğüs zırhı parçalanmıştı. Yüzü kan içinde kalmıştı. Bağırıyordu:

– Haydi gazilerim gayret! Dayanın! Kardeşlerimiz şimdi gelirler. Allah aşkına, peygamber aşkına vurun aslanlarım!

Bu yaşlı yiğit vurduğu yerleri çökertiyor, geçtiği yerleri darmadağın ediyordu. Sanki bir ejderha idi. Kendisinde nefes darlığı olduğu halde, bu savaşta bir şeyi kalmamıştı. Genç bir yiğitten farksızdı. Zıplıyor, atlıyor, eğiliyor, vuruyor vuruyordu. Sanki yüz adam gücü gelmişti koca bahadıra... Belki de bu onun son savaşı olacaktı.

Ömer'in gözleri yaşarır gibi oldu: "Hepsi benim kardeşim! Hepsi yiğit! Hepsi kahraman!" diye düşündü. Sonra: "Yüce Allah'ım! Sen bizi utandırma. Sancaklarımızı yükselt! Senin rızan için çarpışan kullarının yardımcısı ol" diye içinden dua etti.

Bir aralık Sungur'un hırslı ve sinirli sesi gürültüyü bastırdı:

– Ey Hindular, ellincinizi gebertmeden öldüremezsiniz beni!

Bir gazinin kahkahası ona cevap verdi:

– Yazıklar olsun sana be bahadır! Elliyi geçememişsin daha...

Başka biri de kükredi:

– Konuşmayı bırakın kardeşler! Hindulara saklayın gücünüzü.

Ama bunlar son gayretlerdi. Ömer, gittikçe gerilediklerini Hinduların ilerlediğini fark ediyordu. Kılıç ve mızraklar, önünde, sağında ve solunda daha tehdit edici bir hal almaya başlamıştı. Birden, sağ taraftan büyük bir gürültü koptu. Bu gürültü, savaşın uğultusunu bastırmıştı. Sanki yer gök inlemeye başlamıştı.

Sungur ciğerlerinin bütün kuvvetiyle haykırdı:

– Gazneli Mahmut! Sultanımız, Yiğit Sultanımız geliyor!

Gerçekten de Gazneli Mahmut taarruza geçmişti. At üstündeki gazilerin, yukarı kaldırdıkları kılıçlar, güneş ışığında şimşekleniyor, kıvılcımlar saçıyordu. En önde de Gazneli Mahmut görülüyordu.

Gazneli Mahmut'un görünüşü ile gaziler yeni bir güç, yeni bir kuvvet kazandılar. Sungur, gözleri yaşararak bağırıyor:

– Hayde bre gaziler! Analar bizi bugünler için doğurdu.

Gaziler de heyecanla bağırıyorlar:

– Vurun yiğitler vurun! Sultanımız da yetişti!

Hindu kuvvetlerinde bir dalgalanma oldu. Bir kısmı sağ tarafa döndüler. Ömer ve yanındaki gaziler biraz ferahladılar.

–Sultan Gazneli Mahmut gelişini belli ediyor... Hindu saflarında acı çığlıklar, haykırışlar yükseliyor. Safları dağılıyor.

– Gazneli Mahmut gelirse işte böyle gelir. Saldırırsa işte böyle saldırır...

Hindulardan ümitsiz çığlıklar yükseliyor...

– Mahmut geliyor Mahmut!

Sonra kin ve hırsla haykıranlar:

– Yok edelim onu! Siva yardımcımızdır.

– Öldürelim! Öldürelim!..

Yeni gelen Müslüman kuvvetleri, Hinduları biçmeye başlıyor. Mızraklar havada kuşlar gibi uçuyor... Kişneyen atlar, ezilen erler... Çığlıklar... Küfürler... İnlemeler...

O anda yeni bir boru sesi... Hinduların arkasına sarkmış gazilerin tekbiri... Sahte kaçış yapmış gaziler, dönerek Hinduları arkadan çevirmişler. Hindular iyice kıskaca alınmış durumda. Kalkıp inen her darbede Hindu erleri yerlere seriliyor. Hindu ordusu, güneş karşısında kalmış kar gibi eriyor da eriyor...

Hindular artık mahvolduklarını anlamışlardı. Kaçmak, kurtulmak için çırpınıyorlardı. Savaşın başındaki o gururlu halleri gitmiş, ıslak kedilere dönmüşlerdi. Sümenat Raca'sı da filine atlayarak kaçmıştı.

Yüz seksen bin Hindu, otuz bin Gazne ordusu karşısında darmadağın olmuştu.

Ama hâlâ çarpışan ve direnen Hindu kuvvetleri vardı. Ömer ve yanındaki yiğitler bu Hindulara saldırdılar. Vuruyor, deviriyor ve çiğniyorlardı. Ömer, bir aralık arkasında bir parıltı görür gibi oldu. Yana kaçarken başında şimşekler çaktı. "Allah!" diyerek dizleri üzerine çöktü ve yere devrildi.

Ömer gözlerini açtığı zaman, Sungur'un endişeli ve komik yüzünü gördü. Sungur, Ömer'in gözlerini açtığını görünce heyecanla:

– Hey! Kendine geldi. Koşun, diye haykırdı.

Ömer, koşuşan ayak sesleri arasında Sungur'un:

– Ömer! Beyim! Nasılsın, diyen endişeli sesini duydu.

Ömer gülümsedi:

– Sağ olasın Sungur! İyiyim!

Sungur, derin bir nefes aldı.

– Allah'a şükürler olsun. Kurtuldun. Seni ölecek sandım. Ne korktum bir bilsen.

Arkadan, sevinçten ne diyeceğini şaşıran birinin sesi duyuldu. Bekir Bahadır:

– Hangi Hindu öldürebilirmiş benim yiğidimi? Öyle bir Hindu anasından doğmadı daha... Öyle değil mi ha? Söyleyin, değil mi?

Sungur da, ağlamaklı bir sesle devam etti:

– Onu öldürecek hançer ve kılıç dövülmedi daha...

Sonra burnunu çekti. Elinin tersi ile gözlerini sildi.

Hepsinin gözlerinde büyük bir sevinç vardı.

Sungur, sevinçle izahat veriyor:

– Hinduları ezdik. Altmış bin Hindu öldürmüşüz. Otuz bin de esirimiz var. Diğerleri de kaçtı. Eh olacak bu kadarı da değil mi ya. Adamlar öyle bir kaçıyorlar ki, tutabilene aşkolsun. Ama yiğitlerimizin bir kısmı, hâlâ peşlerini bırakmış değil. Sümenat kapıları bize açıldı artık.

– Ya bizim kayıplarımız?

– Sekiz bin şehidimiz var. Allah rahmet eylesin. Bin de ağır yaralı... Hafif yaralı desen kalanların hepsi... O kadar kalabalık düşmana karşı bu durumumuza da şükür...

Ömer sevinçle söylendi:

– Allah'a sonsuz şükürler! Bu zafer bizi Sümenat'a götürür artık.

Gür bir ses cevap verdi.

– Evet! Allah'ın izni ve yardımı ile zaferi kazandık. Bu zafer, sizin gibi imanlı gençlerimizin, yiğitlik, zekâ, cesaret ve kahramanlığı ile gerçekleşti. Gençler, güçlerini her zaman millet ve devlet menfaati için harcarsa bütün zaferler bizimdir evlât.

Bu ses? Bu ses? Evet, bu ses, Gazneli Mahmut'un, o yiğitler yiğidi büyük gazinin sesi idi. Sarayında rahatça oturup, keyfine eğlencesine bakabilecekken, savaştan savaşa koşan, kan ve ateş deryalarına dalmaktan çekinmeyen Gazi Sultandı bu...

Şavaş yaralarını sardırmadan, yaralıları ziyarete gelmişti. Yüzünün sağ tarafında bir kılıç kesiği vardı. Sakalının sağ yanı, akan kandan kıpkırmızı olmuştu. Göğüs zırhı parçalanmıştı. Arkasındaki komutanların da, ondan farkı yoktu; onlar da, yara bere içinde idiler.

Ömer, onu görünce, saygı ile yerinde doğrulmak istedi. Gazneli Mahmut gülümseyerek, elini onun alnına koydu.

– Yoooo! Kalkma! Biraz istirahat etmen lâzım. Yiğit gazi, dedi. Sonra ilâve etti:

– Gazan mübarek olsun.

Ömer sevinçle cevap verdi:

– Hepimizin gazası Sultanım!

Sultan ve yanındakiler, Ömer'in yanından uzaklaştılar. Diğer bir yaralının yanına gittiler.

Ömer, yarasını sardırmadan, erlerinin hatırını soran ve onların yaralarını sardıran bu yiğit Sultanın arkasından, hayranlıkla baktı. Dudaklarından şu kelimeler döküldü:

– Haklısınız Sultanım! Bu zafer bizim... Bütün zaferler de bizim olabilir. Ancak, gençlerinin gayreti ile birlikte, sizin gibi, milletinin menfaatlerini, şahsi hırs ve ihtiraslarından üstün tutan idarecilerimiz olursa!

S O N

Editörün Notu:

Son sayfada sizler için eğlenceli bir bulmaca hazırladık. Böylece, hem romanı okurken öğrendiğiniz bilgileri hatırlayacak hem de verilen şifreyle Ahmet Yılmaz Boyunağa'nın bir diğer romanının adını öğrenmiş olacaksınız.

SOLDAN SAĞA

1. Romanda, Gazneli Mahmut'un sefer düzenlemek istediği yer/Bir silah
2. Duman lekesi/Dişi geyik.
3. Roma rakamıyla 50 sayısı/Romanda Ömer'in atının adı.
4. Bir kan grubu/Avuç içi/Arı kelimesinin ikinci hecesi.
5. Bir bayan adı/Genellikle hayvan postundan yapılan bir başlık.
6. Işın/ İçinden çıkılması güç durum/ Alfabemizin 26.harfi
7. Özgür kelimesinin ilk harfi/ Çete kelimesinin ünsüzleri/Boyu çok kısa olan.
8. Radyumun simgesi/Ahilik ocağından olan kimse/üye.
9. Romanda, Hinduların taptığı mabud / Azot'un simgesi/Bir binek hayvanı
10. Romanda, Ömer'e yardım eden kız/Sultan Mahmut'un yönettiği devletin adı.

YUKARIDAN AŞAĞIYA

1. Silah kullanmada usta olan kimse/ Kükürt'ün simgesi.
2. Bir harekâtta her türlü gerecin toplandığı, dağıtıldığı bölge/Altının simgesi/ dik başlı.
3. Metre kısaltması/ Romandaki kahramanımızın ait olduğu Türk soyu/ Köpek.
4. Emayla kaplanmış olan/Uzun saplı yayvan kap.
5. Amerikan havacılık ve uzay dairesi/ Borun simgesi/Hahnyumun simgesi
6. Bal yapan hayvan/Romanda, Sita'yı öldüren adam.
7. Romanda, adı geçen çöl/ Sodyumun simgesi.
8. Bir elektronik eşya markası/ Hindistan'da prenslere verilen unvan/Alfabenin son harfi.
9. Üçüncü tekil şahıs/ Su akıtmak için toprağı kazarak yapılan oluk/ Namaz vakitlerini bildiren ses.
10. Kriptonun simgesi/ Tanrıtanımaz.

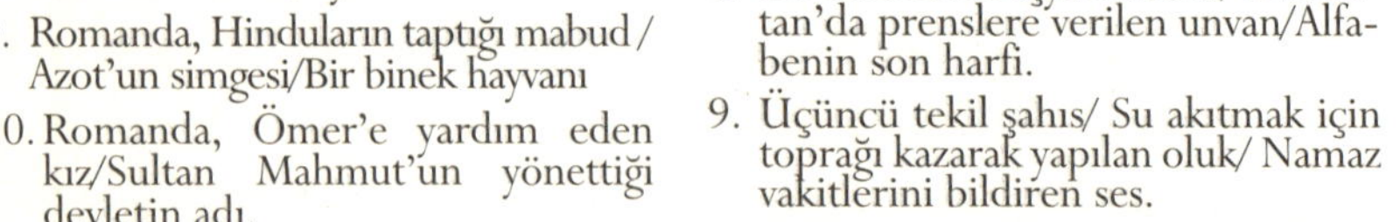